当代中国文学书库

青春的榜样

王玉祥 ◎ 主编

中国文联出版社

图书在版编目（CIP）数据

青春的榜样 ／ 王玉祥主编 . -- 北京：中国文联出版
社，2023.3
ISBN 978 - 7 - 5190 - 5118 - 1

Ⅰ.①青… Ⅱ.①王… Ⅲ.①散文集—中国—当代
Ⅳ.①I267

中国国家版本馆 CIP 数据核字（2023）第 032661 号

主　　编　王玉祥
责任编辑　贺　希
责任校对　李　晶
装帧设计　中联华文

出版发行　中国文联出版社有限公司
地　　址　北京市朝阳区农展馆南里 10 号　　　　邮编　100125
电　　话　010 - 85923025（发行部）　　　　　85923091（总编室）
经　　销　全国新华书店等
印　　刷　三河市华东印刷有限公司

开　　本　710 毫米×1000 毫米　　　1/16
印　　张　11.5
字　　数　154 千字
版　　次　2023 年 9 月第 1 版第 1 次印刷
定　　价　68.00 元

编委会

（按姓氏笔画排序）

主　编：王玉祥

编　委：王玉祥　宁家瑞　许　评

　　　　钟　芳　蒋祖逸

序

花季雨季已走过九年。

盐田花季少年借《盐田文艺》这个平台，呼朋引伴，快意人生。真情，在这里凝练成曼妙的文字，如同南国雨丝，淅淅沥沥，绵长浓密；校园，在这里化作诗意的语言，如梧桐山的清泉，一路欢跃，一路歌唱；青春，在这里绘成绚丽的色彩，如南海之滨的彩虹，赤橙黄绿，彩练当空。

"嘤其鸣矣，求其友声"，忘不了文艺少年和鸣之声。

感谢花季少年，你们在最美的时节，用最诗意的人生，抒写了一段弥足珍贵的情怀。在真诚面对成长的困惑时，虽然你们的文字还显稚嫩，但是已开始对"人生""时光"等宏大主题思考；在坦诚学习中的重重困难时，虽然你们的语言还不深刻，但是已对教育真谛发出个性的声音；在真挚表达人世间最美的情感时，虽然你们的表达还有些模糊，但是对友情与亲情的感恩、感激让人动容。

感谢花季少年，感谢你们的真诚、坦诚、真挚，你们用稚嫩文字一点点清晰了成长的轨迹，你们"口无遮拦"的语言一点点推动教改的步伐，你们的喜怒哀乐一点点展示了人性的美丽与力量。

"十六岁的花，只开一季"，留下一世的记忆。

文艺在《13岁的天空》喟叹"它会渐渐离我远去，我们还有多少时光能够珍惜"；李航在《我最喜欢的一个词——光阴》中讲述光阴的故事；李萌在《寻找生命的内核》里对生命的追问、对生命的价值与意义敏锐而敏感，在追问与感叹中成长；毛小龙的《不能触碰的柔软的心》、朱鹏辉的《含羞草与少年》、蔡佳仪的《那年，我们是同窗》等朦胧而含蓄的情愫，动人而美好；潘越的《爸爸，你的心事我知道》、刘佳敏的《爷爷的楠木椅》真挚而深沉的亲情，感人而深邃。

这就是"桐花万里丹山路，雏凤清于老凤声"吧。

是为序。

深圳市盐田区委常委、宣传部长　董秀

目 录
CONTENTS

又是一年春

沙头角中学高一（1）班　余佳年

梧桐更兼细雨，到黄昏，点点滴滴。

——题记

晨曦渐露，被滴滴答答的小雨唤醒。

那淅淅沥沥的声音时近时远，滴落在不同的地方，有不同的音调，像极了歌谣。

穿好衣服，带上伞，轻轻地走出了门。

来到梧桐路，就这么一步一步地欣赏春天。高大的梧桐树那曲折的树枝上，经雨水冲刷过的叶更显青翠欲滴，崭露的粉紫色花儿微低着头，仿佛在感谢自然的慷慨，地面被细雨笼上一层淡淡的水雾，朦胧的气息让春风也不觉放慢了脚步。

雨仍在下，撑着伞，缓缓走上碧桐道，山上空气正好，泥土在欣喜地接受自然的馈赠，树木正激动地哗哗抖着叶子。远处，隐隐约约传来了鸟鸣，山中的一切生灵，都在苏醒。

转过弯，来到小路，窄窄的道上铺满枯叶，走上去发出清脆的响声，不由放轻了脚步，生怕踩疼了它们。这些都是去年秋天中逝去的生命，是秋天的记忆。

那是什么声音？又是一阵哗哗声，可是比叶的声音更加流畅，快步走去，一条银色丝带出现在眼前，啊，是小溪！在细雨轻柔的呼唤声中，沉眠了一个冬季的小溪终于苏醒，欢快地唱起了歌，带着春天那洋溢着生命的气息向下奔流而去。

信步走在枯叶上，忙碌的心蓦地放空了，感受那微风掠过发梢的轻柔；闻那沁人心脾的花香；听那潺潺的流水、吱吱的枯叶、隐约的鸟鸣、哗哗的绿枝、淅沥的小雨……大自然无时无刻不在向世人诉说着她的神秘和美丽，并用她的美丽来涤荡我们的心灵，拭去心中的浮尘。

又是一年春季，万物复苏的动静越来越悄然，生命在一片喧嚷中绽放，却无人注意。是自然变安静了？不，不是自然变安静了，而是我们的心变忙碌了，忙到无法腾出一点点时间来倾听春天，忙到无法静下心来感受自然的美好。而在忙碌过后，才突然发现春天清新的歌谣啊，已经渐渐消散了……

忙，忙什么？生活、学习、工作……现代生活是双面的，在带给我们方便的同时，也让我们远离了自然，《双城记》中说："Now, it was the best of times, it was the worst of times."。

尝试着放下一些无关紧要的事吧，让自己的心放空一点，去品味春天，去亲近自然，让自然的声音再次在自己心中响起。

闭上眼睛，缓缓呼吸，静静聆听生命的歌唱，这样一首清新的歌谣，就这么久久环绕在耳畔，萦绕在心中，不曾散去……

（指导老师：李筱莉）

声声，慢……

沙头角中学高二（1）班　谷　丰

深秋悄至，满地残菊，哀悼着逝过的秋风。

是几时？足下生得一片绚烂，破落的花瓣，用生命嘶吼着晚秋的悲凉。如今的我，如黄花般，步入了人生的深秋，岁月如寒霜般，沉沉地凝在我的脸颊。时光之矢又无情地擦过我的容颜。

既是惹尘埃，怎生得安详？

我无法拼接破碎的记忆，还原那些风花雪月。那个叫作"曾经"的东西，早已带着我的心，飞逝而去。折一枝菊花，别在发髻上，竟不敢望镜，我无法面对如今的自己，内心的寂寥与凄冷，早已将我侵蚀得面目全非。如今黄花依然，而人却连声声慢吟都嫌奢侈……

只有，默然。

是谁？是谁肯再为我摘下雪鬓上的黄花，连同我这颗漂泊无依的心？窗前，秋日流光正宛转，明日的第一缕霞光会披在谁的肩上，任她笑得灿烂？暮色四合，秋心正瘦，却已不是当年，人比黄花小字红笺的烂漫……

古旧的桌边忽明忽暗的灯影，晃动着我的流年。灯芯与烛焰相伴，灯油与灯芯相缠，这漫漫长夜，倩何人，与我执手相看？叹，叹！

　　我关上窗，想要隔绝月光。月光太过凄清，我一生的打击，也捱不过傲冷月光的温柔重创——细细的雨飘落，细细地击打着园内的梧桐叶，我可也曾是一只凤凰傲然九天？而此时，我只想暂栖一枝，哪怕惊鸿照影，哪怕寂寞沙洲，也胜于这老翅寒暑只影翩翩……

　　流亡中的苦涩，像一盏陈茶，闷在胸间，煮得酽酽。

　　天还会再晴吗？浮云起，浮生梦，怕是注定，要苍莽百年……

　　雨声铿锵，尽有孤寒清影，彻夜难眠。

（指导老师：穆琳）

何处是家园

盐田高级中学高一（4）班　苏嘉琦

直至看到眼前这片土地时，我才相信一切都是真的。陌生的楼房，陌生的人群，陌生的一切，我感到恐慌，我的家园，在何处？

报纸上经常报道这里的情况，我却常常嗤之以鼻，可是当一切真正展现在我眼前时，我才知道，那个温柔似水的家园，真的消失了。我也曾心怀念想，可现实却重重地给了我一巴掌。鳞次栉比的高楼大厦拔地而起，乌瓦白墙的小楼一去不复返；各式各样的汽车奔驰在平坦宽广的道路上，青苔石子路早已不见踪影；在少有人留意的角落里，不明物体随意堆放，散发着阵阵恶臭，曾经那条清澈见底的小溪又在何处？繁杂的城市喧嚣，看着路上车水马龙、行色匆匆的路人，闪烁的霓虹灯，热闹得模糊了我的视线，我心里顿时一片木然，在极度的喧嚣中细细咀嚼着忧伤。原来，这竟然都是真的。

八年前的匆匆而别，成了我心头的一根刺，无言的沉默早就蔓延开来，连带着周围的景色也带着些灰暗。八年来，我曾惴惴不安，也曾满怀希望，无时无刻不在想着这个令我魂牵梦萦的地方。心存期待和些许焦急，有时也会默默想道：会有些改变吧，但应该也不会太多，我们那儿的人最是念旧……八年后重遇，本该喜悦的我如同被一桶冰水浇身，冻成了冰湖下一条郁悒的鱼，眼神中流露出难以置信的惊愕。一直以

5

来，这儿都离我很近，近到我可以随时回头凝望，可以轻易看见家园一点一滴的脚印和依偎于暖暖熹光中的温暖。难以置信，我的家园，真的消失了。

八年前，清澈叮咚的河水像明丽的线条萦萦绕绕穿插在家园的周围。陌上桑桑破嫩芽，田间垄上，满是青苹果般多汁的新绿。沿着松软的小路前行，淡绿色的枝头有三两只鸟儿在啁啾跳跃。春天，柳杉的绿来得晚，其他植物早已翠绿得蓬勃，嫩绿的叶子在风中招惹得春风醉。柳杉还是一副大睡未醒的样子，沉在自己的梦境里，春光了无痕，也会有几只黄绒绒的小雀，自顾自地蹲在树丫上，把日子唱得一派明媚。和煦的阳光，空气中洋溢着浅浅的芬芳。棠梨早已盛放，白色的花朵立在浓绿的枝头，如白衫绿裙的少女站在清清溪水边，回眸嫣然一笑。一阵阵沁人心脾的清香扑面而来，浓烈而执着，让人微微地沉溺其中，享受着这不多的美好。

待夕阳西下，炊烟四起，夜幕低垂，归巢的鸟儿抖落一身绯红，消失在林子的那头，只留下一回又一回地低吟浅唱。美好的画面就此定格在一瞬间，如同镜子从中间向四周呈蛛网般轰然扩散破碎开来，零散的碎片在我身上划出一道道刺目骇人的血痕。我尖叫着、呐喊着，不，可它们都湮灭了，消散了，化作灰色的光芒随风飘散在历史的长河里，从此无处可找，无迹可寻。我不甘心，但我无计可施，最后徒留一脸的无可奈何。

我的家园，究竟去了何处？

（指导老师：穆琳）

笹 舟

盐田高级中学海梦文学社　　陈牧冰

年姨 1996 年离世，是在我出生的前一年。

我只在照片中见过这个鱼尾细纹白发梢的中年女人，平凡而又普通。

据说，年姨在世时，性格娴静懦弱，却在吵架时比谁都吼得凶，且是得理不饶人，尤其是与乔叔。二人常常由拌嘴变成厮吵，江浙的吴侬软语早就被磨平了棱角。后来乔叔随部队进驻新疆生产建设兵团，年姨也跟了去，美其名曰怕乔叔着了道，回不去了，小女子气息显露无遗。

边疆悠悠的气息和漫天沙尘代替了氤氲水气，夫妻之间的争吵愈发不休，宽广的胸怀和似水柔情早已成为往事。

我曾看到过一些残破的镜框和豁口的古董花瓶，都是他们当年的杰作。我便更加好奇年姨当时为什么不留在无锡，两人南北相隔，总不至于日日见面恨得牙痒痒；也问乔叔明知两人性格不合，干吗非要结为连理？

这一直是个谜团。

再后来，年姨去世，乔叔收拾收拾家当，回到无锡。

家中人都劝乔叔再寻一个，毕竟以后的日子还漫长艰辛，乔叔说不，只是带着儿子在无锡继续营生，从部队退役下来的军人，纵使日子过得不顺也不提一个"苦"字。

初三暑假，我去了趟无锡，再见乔叔，人已见老，黑发稀疏，守着一方园子，养花割草种种小菜，乐此不疲。他常常倚在园子墙壁上，抽着没有人再抽的卷烟，盯着园子角落里的刺槐，半天出神。

"那是我妈以前种的"，我表哥指着刺槐，示意我看。似乎还是像小树苗一般，只不过开了坠坠的白花，很是耐看。"我爸呵护这些小枝子，就是不会养，拿着把剪乱剪一气，完了还乐，哪次不是我重新瓢回来。"表哥无奈的说。我看向乔叔，衣衫有些不整，吐出的烟雾和阳光混合遮住了整个脸，狂放又优雅。

他把自己当成了一叶方舟，慢慢漂着，破罐子破摔。

"我还记得她闹腾起来的样子。"乔叔望着细丫树枝，像是在自言自语。光和影重叠在身上，陷入其中无法自拔。

世间好物不坚牢，彩云易散琉璃脆。玲珑骰子安红豆，入骨相思知不知？

（指导老师：石炳田）

8

最好的我们

盐田高级中学高二（3）班　曾容靖

浮生若梦，为欢几何。

——李白

我们大抵都想变成自己羡慕的人。成绩差的想变成成绩好的，因为可以被老师关照。人缘坏的想变成人缘好的，因为活泼开朗，会有很多人喜欢。生活拮据的想变成有钱的，因为终于不用一直不安，精打细算。那猴子想要变成人，也是因为人类生活丰富多彩吧。

可你所羡慕的生活，真的像你想象中那般美好吗？

成绩好的也有压力，怕一次的落后会使身边的长辈失望。人缘好的也有烦恼，怕自己的一次不小心得罪了一片人。有钱的也会心烦意乱，唯恐他人有偷窃之心。那，猴子在变成人之前有没有想过，变为人之后的各种势利呢？

作为一只猴子怎么了吗？其实做猴子挺好的。没有人与人之间无法完全消除的心墙，也没有世俗与功利。安心当只猴子呗，累了就独坐在树枝上悄悄地待着，恼了就大大方方地打一架。何必天天烦心着如何变成人。

我们亦是。羡慕别人弹得一手好琴，就羡慕着呗，没有必要变成那个让你羡慕的人。我也并不觉得坐在屋内，在斜阳的照耀下本本分分地看看书有什么不好。又或是在篮球场上奔跑着，洒着汗水，卸下一身的不舒心又有什么不好。

这无关于努力，只是我认为，你变成了别人，倒不如做一个最好的自己。

在《意林》中看过这样一篇小说。女主原婷平凡无奇，羡慕着同校的校花何苏梓。何苏梓长得好看，打扮时尚，人缘也好，随口所说的一句话也能变成口口相传的俏皮话。原婷从何苏梓在网上发表的一篇文章底下发现了一个毫不起眼的链接。这个链接通向何苏梓的另一个账号。原婷像发现新大陆一样拼命模仿。于是她获得了超高人气，但事情不到一个星期就暴露了。原婷不仅失了人气，还被"千夫所指"。何苏梓看着，默然叹息。回家打开电脑，最显眼的收藏夹中放了许多她所羡慕的人。有的会打扮，有的很幽默……

小说的名字很有趣，《你的人生真不错，我转走了》。

我想了想，你的人生再好，又跟我有什么关系？

以前父母老跟我说一句话："你不要一味地羡慕别人，应该努力变成他。"但我想将这句话改一改："你可以羡慕别人，然后努力变成更好的自己。"

想变成人的猴子可以模仿着人的习惯变成一只不一样的猴子，我们可以根据自己羡慕的人变成那个更好的我们。

（指导教师：李洁）

看《读者》后感

盐田实验学校初一（7）班　郑凯凡

　　我喜欢看《读者》，在这本杂志中，收藏着时而让人流泪，时而让人微笑，又或是让人笑中带泪引人深思的故事。有许多文章让我印象深刻，如《三思而不行》《时节须知》《免于贫困的自由》等。

　　《三思而不行》是我认为比较"怪异"的文章。因为这篇文章完全与老生常谈的俗语"三思而后行"背道而驰。在文中，作者的观点有些是孔子所提倡的，有些是孔子所反对的。其原因很简单，因为在当今社会，如果你想得多了，你的行动也会变得迟疑，你总是在想，难免会想到这件事的负面。如果不是看到这篇文章，我还真的没有想到，原来多想也会为行动带来迟疑。作者为了让人相信，举了一个事例：看到有人在大街上行窃，我们的第一反应肯定是：这是犯罪行为，必须制止。但是，第二、第三反应呢，就很可能是这样：我制止他，我会不会受到伤害？我还是不管了吧。这是一个鲜明的例子，这个例子指出了人性不完美的一面。"事贵于刚决，多思转多私。"就有力地指出了人性不完美的那一面，人是自私的。人也会不果断。所以这篇文章，引发了我的深思，让我认识到了人以果断为贵，考虑是必要的，考虑过度就不好了。

　　《时节须知》让我感受到了时代的变迁。这篇文章围绕"美食"二字展开联想。文章的开头写了美食的味道，一字一句，十分精妙，现代所谓的"美食"与它比起来，变得索然无味。在这篇文章中，作者竟然夸张到做番茄时要加白醋，只是因为他早已吃不出记忆中熟悉的番茄的甘酸味道了。这一"夸张"并不是要突出番茄的味道有多么的陌生，而是向我们提出了一个问题：记忆中熟悉的味道究竟"去"哪儿了，又被什么取而代之了？在父辈们的记忆中，那种对食物的敬意，那种在田里随意地摘来，在衣服上随意地抹一抹就可以吃的随意，究竟去哪儿了？到现在听起父母们对于儿时记忆中味道的描述，还带有一丝的幸福感，就是那种不加修饰的、纯粹的幸福感。那我们呢？假如当我们的孩子问起我们儿时熟悉的味道时，我们又将如何回答？是告诉他们那一罐罐调味剂营造的味道吗？我希望人们能重拾对食物的敬意，让我们的子子孙孙都能享用到那种只属于自然的味道！

我感触最深的就是《免于贫困的自由》这篇文章了，它是对人性以及社交媒体的批评。作者以"罗一笑事件"为例。罗一笑，相信大家都应该了解吧，她是一个患有白血病的女孩，她的父亲为她写了一篇文章，以此来博取手术费用，这也算是赚尽了同情，但是在社交媒体的播报下事情被揭露了真相。社交媒体把这件事真实化，这让大家为之惊讶，霎时，人性被揭露了，所谓的同情也只不过是建立在当事人最大的痛苦之上罢了。这样的话，人类的同情心，就终究是廉价的、脆弱的、卑微的。

读《读者》不仅让我看到了人生百态，也让我知道了更多的道理，使我有了更多的感悟。

（指导老师：朱秀萍）

那英姿依然在

盐田外国语学校初三（7）班　徐天翔

羽扇纶巾，谈笑间，樯橹灰飞烟灭。

——题记

年幼时，在父母的指导教育下，我对历史产生了极大的兴趣。中华千古，风流人物岂止千百？先秦哲人的理想抱负、建安文士的高尚气节、唐宋骚客的笔墨江山，无不在我心间留下了难以抹去的印象，其中尤以一人，更是令我陶醉难已。他便是周瑜。

宋代文豪苏轼曾以一篇《念奴娇·赤壁怀古》述说他："遥想公瑾当年，小乔初嫁了，雄姿英发。"雄姿何以？莫如随义兄孙策，凭玉玺借甲兵三千，少年才郎夺江东六郡，奠近百年孙吴基业，忆一夜乌鹊朝南起，曹师南下赤壁滩，他力主抗战，不畏强寇，火焚敌船千百。越年又起荆楚，英姿转于鄂皖。至死亦丹心为国，力荐鲁肃。

护国正义之心已属难求，儒将翩然而决胜千里之外的风度，更是令人敬仰，但若仅此而已，又如何使人醉心于斯？

在汉末八方扰攘之际，披甲卸衣冠，但为息国殇之人良多，而周瑜除此之外，更精通音律，开魏晋名士之琴风，世人称"曲有误，周郎顾"。素衣一袭，漫步江南落英间，又与绕梁琴音为伴，君子之态，勿言今人，便是千古风流名士之所向往也不过如此吧？

除此之外，正史中所记周公瑾性情豁达大度，不拘小节，不纠人过而不放。孙家名将程普多次有意冒犯周瑜，但公瑾都一笑了之，毫不计较，以至程普都为其折服，言道："与公瑾交，如饮醇醪，不觉自醉。"

正是周瑜这份爱国之精神、风雅之生活以及宽容之气度折服了我，令我如程普般醉心于此英姿。但是，这份英姿却为天所妒，三十余年潇洒之后，周瑜便逝世了。短命，人所憾。

赤壁已无周郎英姿，唯吾心中犹存。那英姿依然在，在世人之心中……

心中一恸，不禁赋曰：

风起云扬，江水若奔。白浪袭岸，蒹葭欹斜。问世间，英才几何？莫如三国公瑾。年少甲兵千百，乾坤胸中早定。江东六郡，无不闻风丧胆；皖北皖南，莫敢共争高下。曲误而顾，风度怡雅，堪比魏晋名士；百骑引枪，千柯带矢，无愧乱世英雄。忆是夜乌鹊朝南，曹师南下赤壁滩。守土为国力主战，反击强寇护社稷。孙吴八十年根基定，二分天下策昭将才。围襄樊，诱曹仁，赚曹纯，退虎豹。一生功垂史，但憾岁月少。天妒才郎，卅六春秋，斯人已逝，醇醪无味。忆昔时公瑾，指弹琴弦，素衫蝉冠，笑议兵交，胜负心自定。终作白骨，螣蛇土灰，问烈士少年，壮志何已？才堪王佐，主称霸王，日月华难掩其光色，世人念此鲜无泪。

公元二〇一七年四月中，丁酉年春杂作，念公瑾英姿再无，谨以此怀公瑾。

（指导老师：李洁）

散　步

盐田实验学校初三（2）班　彭文政

我们就这样走着，只希望路没有尽头。

"政啊，陪我一起去外面走走吧。"奶奶用期待的眼神对我说。

"好啊！走吧，奶奶。"我说。穿好鞋子后，奶奶拿着拐杖，我搀扶着奶奶下了楼。

阳光明媚，洒在我们祖孙俩身上，特别的温暖。奶奶年纪大了，身体又不好，难得她今天有心情出去走走，今天天气好，我一定好好陪陪奶奶。

奶奶和往常一样，一出来散步话就多了，很开心的样子。她给我讲着她以前的故事，我有一句没一句地听着，答着。两个人有一搭没一搭地说着，这样不知不觉就走了很远。有时我会觉得她那故事乏味，我就开始分神，寻找周围有什么能让我消遣的东西。显然在这高楼林立、人山人海的地方并没有什么好玩的东西。有那么一会儿，我的思绪甚至游离奶奶身边了。

"哎，这个地方以前都是耕地，我也曾在这耕过地，现在变成这个样子了，全是高楼……"奶奶指着这一片的高楼感叹。

我也没怎么听，在想着我的事。突然，好像有股力量在拖着我，虽小，但又好像很用力，有方向感，拖着我赶啊赶。我反应过来了，原来是我们在过马路。奶奶正紧紧地抓着我，朝马路对面赶呢。绿灯正亮着，人群涌动，奶奶很紧张地拉住我，怕我被车撞到，使劲地、拼命地保护着我，我感觉到她的手这时格外地有力，生怕我落在了后面。那个镜头，就和我小时候一样，她牵着我的手过马路。这时我发现，低头走路的奶奶已经矮我一头，又拄着拐杖，蹒跚的样子让我心酸，她已不是当年高我一个头身材高大的奶奶了，但奶奶的神情还是如当年一样的紧张，一样的坚定。我忽然意识到什么，连忙把手从奶奶的手中抽出来，反过来拉住奶奶，和小时候她拉着我的手一样，我拉着奶奶走，一步一步，很稳，很坚定。

我的双手再未松开，奶奶的故事也未停止。路上虽有些喧嚣，而我仿佛听不到。

我们就这样向前走，走啊走，只希望我们的路没有尽头。我就这样和奶奶不停地走下去。

（指导老师：阎翔）

打往天堂的三个电话

沙头角中学高三（14）班　魏家莉

如果有一天，你的手上多了一张可疑的名片，你会怎么做？我想绝大多数的人都会将它揉成一团，然后毫不客气地扔掉，但是，如果那名片上的名字叫作"上帝"，你，又会怎么做？

那是三年前的一个夜晚，我正在酒吧里买醉，男人买醉的原因很简单，无非钱、权、女人。我也是如此，苦心经营的公司即将破产，多年来的努力即将化为乌有，看着即将失去的一切，我甚至起了跳楼的念头。可是，当我站在公司顶楼的时候，看着马路上呼啸而过的汽车，我又后退了，是的，我连跳下去的勇气也没有。

口袋里的手机在不停地震动，我知道，那是妻子的电话，那个陪伴了我多年的妻子，即使在我最落魄的时候也不曾有过埋怨的妻子。我什么都给不了她。思及此，我又端起了酒杯，狠狠地灌了一口酒。手机的震动终于停了下来，但我的意识已经迷糊了。

等我再次睁眼，我仍坐在吧台前，酒吧已经打烊了，酒保见我醒了，就催促着我快点离开，说我已经占用了他们很长时间了，语气里是不容掩盖的鄙夷，似笑非笑，让我只能狼狈地逃离了酒吧。等我回过神来，才发现我的手中多了一张名片。名片非常漂亮，人名也是漆金的，但我却觉得脸上似乎被人打了一巴掌，似乎在嘲笑我的无能。因为，名片上的人名写着——上帝。

我觉得我肯定被人耍了，这几天的不顺与烦躁突然一下子涌上了脑子，理智一下子被摧毁，我只想打电话去好好骂一下那个所谓的"上帝"。想了，也就那么做了。令我意外的是，电话竟然通了。

"嘿，上帝吗？你好，我是玉皇大帝。我是你亲戚，哈哈哈哈哈……"

"我幸运的孩子，遇到人生的不快不要焦躁，难过的事情可以说给我听，我将帮你实现你的愿望。"听着对面传来的平静的声音，就像一桶油浇在了我心头的火上。

"哟，装得还挺像。实现我一个愿望是吧？那你倒是把我即将倒闭的公司变成世界上最富有的公司啊。"说完这话，我觉得对方一定会落荒而逃，但对面传来的依旧是那不冷不热的声音："当然可以。"这让我刚熄下去的火再次烧了起来。

"那你变去吧，疯子。"说完我就挂掉了电话。我有点自嘲地笑了笑，觉得自己才是疯子，竟然真的打了那个电话，还和对方聊了这么长时间。有点懊恼地扒了扒头发，天知道刚才那通电话又浪费了我仅剩的多少钱。晃晃悠悠地，我走向了回家的路。

第二天清晨，我是被妻子吵醒的，宿醉再加上烦躁的心情，让我对着妻子发了一通脾气。妻子却一直笑着，像捡了金子。

"亲爱的，刚才我接到了一个电话，你猜是谁打来的？"

"谁的？"

"是银行，是银行，亲爱的。银行答应给我们贷款了，而且听说有大公司要投资我们的公司，公司有救了。"

"什么？"妻子的话让我一下子清醒了，前几天还不断被拒绝的银行贷款竟然通过了，还有大公司投资？这实在令我难以置信，我突然想起了昨天的那一通电话，难道真的有上帝？

虽然无法相信，但公司从那以后业绩蒸蒸日上，并渐渐超越了同行的公司成了世界龙头企业。

豪华的别墅、昂贵的跑车、列队的仆人……这些以前做梦都不敢想的东西，我现在全部都拥有了，但这样我仍不满足，我觉得有些东西还需要改变，但那是什么呢？敲门声响起，打断了我的思路，看着妻子端着茶点走进房间，我突然明白我还需要什么了——一个美丽的女人。

我开始与我那年轻能干、美丽妖娆的秘书厮混，她的热情大方让我十分满意，所以在她提出要与我结婚的时候，我毫不犹豫地答应了。

离婚后，我火速与秘书结婚，并过了一段销魂的日子。令我没想到的是，那个被我捧起来的女秘书竟然开始时常嘲笑我衰老。没过多久，她就带着我的钱，跟着另一个年轻的帅小伙跑了。这无疑是对我的一种侮辱，我甚至时常觉得那些生意伙伴都在嘲笑我被一个女人忽悠，这令我十分愤怒，也让我想起了那张被我珍藏在保险箱里的名片。

"噢，我尊敬的伟大的万能的博爱的上帝陛下啊！我十分感谢您对我曾经的帮助。我每天都在教堂里祈祷，对您表示我无尽的崇拜。现在我十分需要您的帮助，我想要无尽的生命与永恒的青春。"

"我亲爱的孩子，这当然可以，但你确定吗？你只能对我许下三个愿望。"对方的话让我犹豫了片刻，但秘书离开时那嘲讽的表情让我一下就坚定了下来。

"是的，我尊敬的上帝陛下，我十分确定……"这一次，对方挂断了我的电话。

第二天醒来，我便向房中的落地镜走去，无意外的，我看到了一张年轻帅气的脸，是我年轻时候的模样。

那女秘书回来了，带着哭诉的表情，说她是一时被那男人迷了心窍，说她依旧那么爱我，看着她虚伪的表情，我只是笑。

我没再娶她，对我而言她已经不再新鲜，靠着多金与年轻，我开始不断游戏花丛。看着女人们贪婪的嘴脸，我心生厌恶，开始怀念那个陪伴了我多年的前妻。

当我带着大包小包回到当年的家中，敲开了那熟悉的门，一切并没有和我想象中的一样，前妻没有露出惊喜和感激的表情，只是面无表情地打开了门让我进去。大厅里坐着我的父亲。

"啪"的一声，我的脸上火辣辣地痛。父亲拄着拐杖就往我身上打。"没人要你那几个破钱，你滚，这里不欢迎你。"

我来不及说话，就被父亲赶出了家门，连带我带回来的礼物也被扔出了门外。摸着发烫的脸，我不懂父亲为什么会那么生气，我隐约觉得我失去了什么，但还来不及思考，就被周围的窃笑声惊醒，急忙离开。

从那以后，不知过了多少个春夏秋冬，我始终一个人住在偌大的别墅中，甚至连父亲的葬礼，我也没被允许去看一眼。每次打开房门，巨大的黑暗将我吞噬，不论我带怎样的女人回来，也挡不住那股黑暗带给我的窒息感。

我开始害怕了，我再次想起了我的前妻。

站在那老旧的房门前，前妻摸了摸我的脸，并没有说话，但我能感觉到她用手上那无法磨灭的皱纹和茧，对我进行控诉。

没过多久，她离开了。

偌大的别墅，镜子中依旧年轻的脸，我突然感觉无比的寂寞。

日月变更，我看着无数人从我的世界不断地出现又离开，没有一个人的生命为我停留，没有一个我熟悉的身影。当热闹的宴席曲终人散，当繁花似锦终于归于平淡，当一个个青春少女走过我身边，我发现我仍然寂寞如初。我开始厌倦了这具不老的身体。

我又想起了那张老旧的名片，上面的漆金已经掉落，字体已经斑驳。

"您好，我的上帝，请允许我许下最后一个愿望……"

"如你所愿。"

第二天，各大新闻报纸刊登了同一则新闻——"不老神话逝世"。

(指导教师 李洁)

享受生命

沙头角中学高二（6）班 宁牧晴

上帝问三个人将如何度过他们的一生，收获了三个不同的答案。我的观点是人生短暂，应当好好享受生命。

朱光潜老先生曾道："慢慢走，欣赏啊！"是啊，人生道路上，沿途风景无数，若是一味埋头于前路，如何能看到清晨林间，饱食霜露，满怀欣喜的油油绿草？如何听到夏收的田野中，成堆的麦子在朗声大笑？如何感受到穿过身体，带来无数私语，吹走疲劳的阵阵微风？春露、夏雷、秋实、冬雪、这些美好，当真需要人生细细体会，慢慢惬意地去享受才能领悟：世间生命，活得如此认真而绚烂。嵇康在树下打铁，在一锤一锤的敲打声中，他享受着从树叶缝隙中透过的阳光和让树叶婆娑起舞的和风；陶潜在田园耕耘，在一锄一锄的种地声中，他享受着泥土湿润的气息和从林间飘来的清亮鸟语。他们因对生活恬淡从容的享受，而使他们的人生变得韵味无穷，使他们的人生境界得到升华。

世间美好无数，却只叹世人一颗追逐的心将它们拒于千里之外。汲汲于富贵，戚戚于功名，古往今来，沉重了多少本应该轻盈的脚步，拴住了多少本应该自由的心灵，实在可惜可悲！现在又何尝不是？街上多是匆匆的脚步，办公室里多是疲惫的面庞，他们一味忙于工作，打拼事业，却忘了常回家看看，陪父母吃吃饭、聊聊天；忘了陪妻儿散散步，看看蓝天白云。这样，往往在事业有所成就后却丢失了人生的真谛，迷失了人为什么活着的意义，实在是得不偿失。

　　当然，所谓享受生命，并非只是享受生命的美好之处，命途无法一帆风顺，苦难难以避免，所以我们还要学会享受生命当中的苦难，因为苦难，往往能使我们得到磨砺，能使我们对世界有更清醒的认识，能促使我们的人生达到更高的境界。正如罗曼·罗兰所言："生活中只有一种英雄主义，那便是认清生活的真相并依旧热爱它。"享受生活带给我们的一切吧，去热爱它的美好，也热爱它的苦难。顾城写下："我相信那一切都是种子，只有经历埋葬，才有生机。"面对苦难，我们何不抱着从容享受的态度，去勇敢地面对，去设法战胜，直至把它埋葬，然后在苦难的沃土上，种子发芽开花，粲然生长。

　　享受生活，享受它的美好，也享受它的苦难，学会暂停前进的脚步，听一听清风的欢笑。或许你有金石成山，但我有一世界的碧绿成荫，谁说你的金石一定比得过我的绿荫？

　　所以，让我们好好地、好好地享受生命吧。

（指导教师 胡保卫）

又见老屋

沙头角中学高一（1）班　陈嘉敏

在时空的隧道中，心之水偶尔被几颗小石子荡起波澜，勾起我永远的思念。

——题记

搬离老屋已经八年了，虽然偶尔也会经过那里，或许是每次赶路的匆忙，它没有勾起我太多的兴趣，今年一次过节去拜访舅舅，就顺道拜访久违的老屋。

一样的蓝天，一样的花花草草，一样的小院，别来无恙的天台，只是弥漫着一种无名的寂寞。绕着老屋走了一圈，从那破旧的屋面到挂风铃的老龙眼树，再到小院，依然是一种不舍的旧情。

看着我曾生活过的老屋，也是一番无言的感慨。墙壁大块地脱落，油绿的墙裙映着大大小小斑驳的黑影。低低的门楣，稀疏的木格窗，都见证了我的童年。走到院中，门前那棵龙眼树依旧郁郁葱葱，似乎感觉到了我的到来，我走到树下，看见依稀残留的细绳。好像做梦一般，我似乎又看见有个小女孩踩着凳子小心翼翼地将风铃挂在树上，然后坐在凳子上，在巨大的绿伞下望着风铃，畅想未来。

走进老屋，格局和原来一样，就连物品摆放的位置都没有改变。我抚摸着墙上没被撕干净残纸的痕迹，好像又看到了一张张大红的奖状，又听见了爸妈的笑声。朦胧中，我似乎看到了妈妈在厨房里忙碌的身影，吃饭前是妈妈最忙的时候，连说上一句话的时间都没有，好像只要说了一句话就会耽误一件大事一样，但每次，在噼里啪啦声中，她总会让还在游戏中的我们闻到溢满老屋的米饭香。

不知不觉我走上了天台，这里是我玩耍的乐园。每当放学回到家的时候，我总丢下书包，把袜子、鞋子随便一扔就往天台跑了，搬张凳子就搭起积木，没耐心就直接推倒，等弟弟妹妹回来就玩捉迷藏，每次回家都会被妈妈责骂又玩出一身汗臭味，却笑着帮我们清理。这里空无一人，可我听到了阵阵稚气的笑声。

我总还记得，无数个夏天的午后，我与爸爸在树下下军旗。午后的阳光总是格外的灿烂，丝丝阳光透过树叶，地上斑驳点点，也温暖了我的心。我总是赢，每当我蹦蹦跳跳地来到爸爸面前，他总是笑笑，眼中充满宠爱。我总还记得那些日子，阳光多么灿烂。

如今的天台，阳光洒下，天台似乎多了一分生机，石缝中长出的小草随着微风摇摇摆摆，缠绕着两边的爬山虎互相轩邈，油绿的藤蔓有条不紊地点缀着这人间天堂，我不禁想到一个很令人心酸的词——物是人非。

要走了。我站在门口，记住触目可及的每一幕。

我总还记得，那些日子里所有的平平淡淡与轰轰烈烈；我总还记得，那些日子里洋溢的米饭香和真正的开怀大笑；我总还记得，那些日子里斑驳点点的阳光，繁星闪烁的星空。纵是我心如止水，也总还会有小石子将我惊醒，因为，我总还记得那些日子，那是我永远的记忆，永远的思念。

（指导老师：李筱莉）

远　方

沙头角中学高一（1）班　余佳年

远方有琴声在呜咽

远在远方的风　比远方更远

暮色如墨染暗山边

映照明月千年

花开又谢　唯余火红一片

　　元宵节已至，空气仍是湿润的。傍晚，站在天台上，抬头看向西边的天，层层叠叠的云朵明暗分明，令人心旷神怡。耳畔隐隐有一丝琴声，很轻，很轻。

　　微风轻柔地掠过发梢，滑过脸庞带起一阵微痒，也不掠去，只轻轻望着。收回目光，转头望向远方。

　　远方，有我的家乡，那里，有我最思念的人，有我最怀念的事，有我最不舍的情……

　　耳畔的琴声渐渐有了微微的凉意。

　　火红的木棉花仍在笑，是那般紧密地挨着，轰轰烈烈，显得娇媚而高调，哪怕在下落时也是极英雄地道别人世。

　　外婆最喜木棉花。仍记得，她第一次见到这花时，便说："这花喜庆，好红火，开在元宵，真应景!"此后，我回家时，手上总是有一朵完好干净的木棉花送她。她便笑得灿如星辰，连窗外的明月都黯然失色。

天边暮色已渐渐染暗了苍穹，原本橘色的天际渐变成暗蓝，触景生情，就如接到外婆出事电话时候的天一样，令人心寒……

外婆昏迷了。

我有些不敢相信，但事实就是如此，一个月了，她回到老家，进了重症监护室，母亲也随她回去了，照顾着外婆。

琴声柔柔，带上安抚人心的力量。

回忆至此，我沉默不语，只是低头看向手中鲜艳的花，已有多久了，我仍会低头为她拾起最美的那朵木棉花，高兴地回家大喊："外婆，看，好美……"语声未落，却蓦地停下怔在原地，良久，才寞叹一声，静静地将花放入花篮，日复一日，我在等，等她回来。

耳畔的琴声慢慢大了起来，不知是什么曲子，很好听，可为何在其中有呜咽之声，好像有人在幽幽地哭泣。是你吗，我亲爱的外婆?

远方的你，如今是否清醒? 远方的你，是否有对我的不舍和歉意? 远方的你们，是否仍在为了外婆不眠不休?

眼眶微热，暮色似乎淡了，一层水汽隐隐笼住了天。是泪啊，心疼的泪。

琴声悠悠，似有似无，此刻，风定了，云轻了，天更凉了。我放开手中的花，目送它一路飞旋而下，落入成堆的落叶上。

这是对你的祝福，我生命中最重要的人——外婆。

一切都会好的。

珍惜身边人，这是木棉的花语，所以木棉花才会成群地绽放，紧密相依。

我微笑着望向远方，暮色已染透了苍穹。

（指导老师：李筱莉）

清明随笔

盐港中学高一（8）班　赖思宇

三号晚上近十一点的时候，我们终于回到了老家。蒙蒙细雨，朦胧的灯光，这座小小的县城已静静入眠，菜畦里此起彼伏的蛙鸣声，清脆而响亮。

远远就望见老家里的灯兴奋地亮着，车子在家门口停了下来，听不到屋子里的任何声响。花了片刻把行李搬下来，我敲了敲门，叔叔让我从后门进。门一打开，我便习惯性地寻找那张熟悉的脸，不等我开口问，叔叔便告诉我，爷爷等到十点钟，直打瞌睡，催了好几次才肯回房间睡觉去。"哦，不用等的"，我笑着说，其实我心里很清楚，爷爷一定会等我，就像小时候，不管我出去玩到什么时候，他总是静静地等着，推开紧闭的大门，总能看见他打盹的身影。

夜色迷茫，雨一直下着。叔叔早已在厨房里煮好米粉等我们吃，把它端到客厅里，幸好还是热气腾腾的，驱散了雨夜的凄寒，白色的米粉上静静地卧着一枚荷包蛋，如冬日的暖阳，没有刺眼的光芒，毫不张扬。由于太久没有相聚，尽管接近凌晨，仍像以前那样，一见面就说说笑笑，不一会儿，我们就吃完了。除了油和盐，没有任何的佐料，我们竟吃得如此香甜。妈妈很勤快地收拾了桌子，楼下传来了碗筷戏水的声音。

还是这样的雨夜，内心却从未如此惬意。嗯，我想奶奶了，上楼回到以往回来我住的房间，打开窗户，我久久凝望，远远近近的房子，稀稀疏疏地在雨里静默着，好好享受这样一个安静而祥和的夜晚吧，躺在床上，脑海里总是浮现出小时候住的老房子，浮现出无数个雨夜奶奶忙里忙外找盆子接雨的身影，还有湿漉漉的地上叔叔忙碌的脚印，好多年都没有听到雨水打在瓦片上的滴答声了。屋外的蛙鸣声越发清晰响亮了，枕着那些年的回忆，我沉沉地睡去。

大清早，一阵鞭炮声把我从沉睡中惊醒，谁家祭祀这么早呀。拉开窗帘，惊喜地发现太阳早早露出了笑脸，天终于放晴了！今天我们去扫墓。

好多年没有和家里人去扫墓了，小时候胆子小，每次扫墓回来都要做噩梦，印象中是二年级开始，我就不再跟着去了。长大以后想去却没有机会，不是在深圳读书，就是被各种烦琐的事拖累，今年终于如愿。

车子在熟悉的大路上奔驰着，一路上叔叔还和我们回忆小时候借邮局的车子去扫墓，调侃说邮局的车子很不好看，像"日本鬼子"进村的那种车。不一会儿，车子就开到了山脚下。小时候觉得那么遥远的路，现在怎么一下就到了。

我们一行八人，提着大大小小的袋子，扛着锄头，拎着镰刀，沿着山间曲折泥泞的小路，开始踏青去了。厚实的泥土在脚底下格外松软，我一路在找小时候看见过的红色小果子，却怎么也找不到。农舍屋前茂密的枇杷树，早早地挂了果，有些已经呈现一片浅黄色，在各种层次的绿叶中格外显眼。流水哗哗地响着，水边的小草格外翠绿，要不韦应物怎么"独怜幽草涧边生"呢，原来别有一番滋味。

原始的大山，多年未变的小路，迎来了一年一度的祭祀。山脚下，山腰上，山顶上，布满了花花绿绿的人们，阵阵鞭炮声摇曳着沉睡的大山，人们对逝者的回忆也渐渐苏醒。

奶奶的墓地几乎找不到了，杂草丛生高过人头。2008年奶奶下葬以后，我再也没有机会给她上过香，时隔三年多，一切都在改变，庆幸的是，不管经历了多少事情，我们都会越来越好，奶奶若泉下有知，她可以安息了。

离开的时候，太阳都快落山了，回头看看，那不再是一座孤零零的坟，留下的是我们的足迹，带走的却是永久的回忆，您的正直、勤劳、善良，永远鲜活如初。

我是小时候在农村长大的孩子，至七八岁才随父母来到深圳，兴许在城市里习惯了喧闹的生活，可我对家乡点点滴滴的眷恋，依旧那么深、那么深。

这也是我在老家的最后一个晚上了。吃过晚饭，边看电视边聊天，直至十二点。

这个夜晚格外寂静，菜畦里的蛙鸣声不知哪里去了，也许，青蛙也和我们一样，在这个夜里，为逝者默哀，为生者祝福，为明天祈祷吧。

（指导老师：周春梅）

一生走不出您浓浓的爱

盐港中学高三（1）班　莫校婷

　　风悄悄吹来，使得树梢上枯黄的叶子飘落而下，划过了我蒙胧的双眼。这仿佛带我回到了过去与外婆生活的日子，童年的生活仍历历在目，这时的我却已是大姑娘了。

　　外婆，我懊悔过去由于我的任性调皮给您带来了那么多的麻烦。如今，我真心地想告诉您，您永远是我最爱的外婆，您无私的爱永远是我最温馨的避风港。

一

　　我还记得小时候，我可算得上是家里的小霸王了。家里有什么东西我都会霸着要，得不到我想要的，就是大哭一场。而您，对于我的种种霸行，却总是表示无奈，过后慢慢地教育我。记忆中有一次，您买回来我最喜欢吃的芒果，碰巧舅舅的女儿来了。因为您知道舅舅一向对我有偏见，为了不让误会加深，于是您就拿了一个最大的芒果给了舅舅的女儿。我不但没有体谅您，反而是对您大发脾气，您只是说："我都是为了你好。"现在，我才体会到您当时的苦心，您以无形的爱教育了我，换来的却是我的不理解。

二

"铃铃铃……"一个决定我们从此分隔两地的电话，再次从深圳打回了家乡。电话里爸爸亲切地对我说："来深圳读书吧，这对你将来有好处啊！"听了爸爸的话我感到十分苦恼，这个问题我可是从未想过啊。我尽管想学到更多的知识，但我舍不得离开外婆呀！您知道后，就把我找来，对我说："你去深圳读吧，不过要记得常回来看我哦！"虽然您的神情是那么坚定，但我看得出您是多么舍不得我，就像我也舍不得您一样。

三

寒假到了，我迫不及待地想回家乡陪您。回到家乡后，我更多的时间是写作业。晚上，当我坐在窗前的书桌前写作业时，忽然一阵冷风迎面吹来，冷得我直打喷嚏，突然感觉到有件衣服轻轻地披在了我肩上，我下意识地转过身。无意中看到您那满头的白发，于是心中涌起了一个念头："是我'偷'走了您的岁月，我一直自私地占用着您的爱……"

纤如丝，细如丝，织成了爱的网。我一直被您网在"爱"中，享受着您的爱。树儿享受着阳光，回报以阴凉的树荫；花儿享受着阳光，回报以艳丽的色彩；我享受着您的爱，回报给您更多的爱！

（指导老师：何少平）

何处是家园

盐田高级中学高一（14）班　黄逸晨

日熏空蒙，烟云散，舟横浅滩。

——小序

矮檐瓦瓴，烟雨霏霏，远山近树，一片青黛，氤氲的烟岚中，一水穿镇而过，闲坐亭中，垂柳拂水，风送荷香。周庄，这个江南最美的一角，温润如昨。

晨寻觅，古屋抚歌。

古道清瘦，望尽天涯路，蓦然间，瞥见那昔时古屋，满目沧桑，走近，但见青石瓦早已散落一地，矮檐旁的青绿石狮子，亦变得残破不堪，风乍起，瓦石碎地的声音透过小门零碎的传响。谁飞歌一曲，谁抚琴一段，念着这小小的古屋，烟雨浮华，古屋静好，回首，便是一场山河孤寂。念去去，千里烟波，暮霭沉沉楚天阔。

午行舟，重湖叠巘。

走尽这烟波渡口，江中的小舟，已是轻摇不定，灰黑色的橹在清圆的水面上轻轻拍打，恍惚间，驿站旁的梅花下，似闻笛鸣阵阵，悠悠笛声透过烟岚，轻轻拍打我的心弦，给我的思绪染上扯不断的情意，仰天望远，雨丝淅淅沥沥地拥抱着水面，水波阵阵，惊醒了一方静好，远望，似周邦彦诗中所言："叶上初阳干宿雨，水面清圆，一一风荷举。"

戍之行，临水观灯。

墨色缓缓地浸染开，临水的店铺都挂起了红灯，似这孤寂山河的浮华一角。步行在这灯火繁华之中，恍若隔世，悠悠缓行，似上了油彩般的红灯，浸润了旅人疲乏的心灵。古梧桐在红灯的映衬下，愈发柔和，暮云飘，清风啸，江南温润若水。走进一家小茶馆，随意点一杯清茶，杯中挤挤挨挨的茶叶，像是女子的心事。轻抿一口茶，苦涩的清香缭绕于唇齿之间，回味却是甘甜，人生亦如这茶一般，若无沸水冲泡，何来沁人茶香？

夜阑珊，难别离。

静水流深，沧笙踏歌，三生阴晴圆缺，一朝悲欢离合，去而不能去，过也便能过，青丝三千落腰间，愁丝三千落满地，烦丝三千落何处。离了情愫千缕云与月的纠葛，抚琴一曲，离歌一段，皎如皓月知情映衬着故人的容颜。谁抚谁琴，谁断谁心，佛曰：命由己造，相由心生，世间万物皆是化相，心不动，万物皆不动，心不变，万物皆不变。一切的烟雨浮华，终为一场山河永寂。

周庄之景，矮檐瓦瓴，浮华楼阁，断尘世念想。何处是家园，江南，周庄，小舟，古屋。

苏轼曾作诗曰："回首向来萧瑟处，也无风雨也无晴。"何处以为家，江南，周庄，古屋。

（指导老师：黄杰）

你是一条河

盐田高级中学高一（8）班　刘梦桐

　　"总是向你索取却不曾说"谢谢你"，直到长大以后才懂得你的不易……"父爱是一条河，时而波澜起伏，时而平缓无声，但父爱永远隐匿在爱河的微波中，不体会，无法触及。

　　儿时，你是一条舒缓的河。那时你事业兴盛，有着丰厚的收入，让我享受着幸福的童年。曾记否，我们在动物园里嬉笑作乐，给野生动物喂食拍照？我看见老虎凶猛的动作不禁害怕地把头钻进你怀里，你鼓励我勇敢地走，还大手握着小手和我一同给老虎喂食，夕阳下，父女俩与天边的晚霞交相辉映。这一幕镌刻在童年纪念册里，熠熠生辉。

　　你虽工作忙碌，却挤时间陪伴我，一到家就把我举得高高的，逗得我咯咯笑。夜深人静我熟睡时你才辛苦归来，却不忘为我买爱吃的零食和漂亮衣服。你是这样疼我。

　　长大后，你是一条跌宕起伏的河，湍急汹涌却不忘初衷。那时你遭遇了人生的失败，你丢掉了高薪的工作，顶着家人的不满和外人的不屑做起了生意。一次，你去运货时不慎被裁衣机砸到，还被割破了耳朵。你忍痛在家人的陪伴下去医院缝针包扎，锋利的刀片刺向你的耳廓，鲜血喷涌而出，浸湿了领子……包扎过后，你居然没有忘记给你的女儿买烤鹅回来。从广州回深圳的路上，你的心里只是担忧着"鹅捂了这么久不会坏吧，这是我女儿最爱吃的……"听到这里，我的泪水夺眶而出，一个男人在外奔波了一整天，早已精疲力竭的他在重伤后第一个想到的是他女儿。

纵使你不是最富有的，但给我的爱是不折不扣的。你是这样爱我。

青春期，你是一条波澜不惊的河。初三寒假的一天晚上，我心浮气躁，打开微信跟你发牢骚。"你真别瞧不起我，我说我能上名校我就能。少拿别人和我比，别在我面前叹气，你有何资格说我……"啰啰唆唆说了很长。发了我就后悔了。不久后"叮"的一声，打开手机是你的回复，"好吧，相信你可以。早点睡，不要压力过大。"月光如水，好似父亲的笑。

每每脑海中不断地回荡你孤身一人拖着厚重包裹，深更半夜仍踽踽独行。时而梦见你开七八个小时的车，三餐不定时……

时光慢些，慢些吧，不要让你再变老了。你永远把最好的给我。一生要强的爸爸，不要再为我担心了，你牵挂的孩子长大了。

父爱如歌，伴我成长；父爱如山，沉默深邃。

父爱如水，却浓于水；而血脉里，流淌着的是永恒的亲情。

（指导老师：穆琳）

你是一条河

盐田高级中学高二（13）班　方莘妍

茫茫人海中，一条小河曲折蜿蜒开来，不显眼，却出乎意料地流入我的视线——哦，是你啊！

相视一笑，你流出了人海，我立马乘舟划桨，加快与你的汇合。

"园，好久不见！"

"越哥，好巧啊，在这儿都能碰到你！"

长舒一口气，我终于进入了河道，如同待在安全的港湾，躲避外海的大风大浪。

河道中心的漩涡在阳光的照耀下格外闪亮，我情不自禁地靠近，却被巨大的引力吸入，飘荡在温柔的漩涡中……

人如其名，你如那简洁明了的单音节字"越"一般，霸气而优秀。尼采的"要么庸俗，要么孤独"一定是形容你这种人。你总是走在时代的前沿，让后面的人望尘莫及。当我们还沉浸在儿童小说的世界里，你已经手捧一本郭敬明散文；当我们开始感叹韩寒小说架构的怪异，你正绞尽脑汁地写着《百年孤独》的品读赏析。这也是你看上去沉默寡言而稍显不合群的原因吧。当我们还在黑夜里沉睡，你却提前苏醒在蠢蠢欲动于破晓的天际，迎接黎明。

你那与能力相对应的性格，跳出了人们固有的思维方格。没有年少轻狂，没有因所获得的种种荣誉而春风得意，而是人淡如菊，像极了你仰慕的杨绛先生。烙在我心里最深的你的样子是你坐初中教室的最边角，嘴唇张合似念念有词却寂然无声，不时轻点头以示同意他人观点。一缕阳光溜进你的书页，你熟练地转着笔，让阳光在笔尖旋转、跳跃。

你虽安静内敛，却并不"出世"。被封为大神的你，身旁总围绕着叽叽喳喳的"麻雀"们，"越哥，这道题怎么写？""对此观点你怎么看？"这时你就会显露出女中豪杰的霸气，嘴角扬起一个恰好的弧度，铺卷，执笔，下笔挥洒自如，三言两语，再复杂的难题也被简化成可爱亲切的样子，使听讲人参透其中道理。讲解结束后不见嘚瑟，便又埋首于书卷中。

漩涡突然加快了速度，依旧温柔地将我往上推。加速中我忽然进入另一洞口，洞里布满了钟乳石，我不由自主地平摊开手，滴水汇聚，清澈而沁着丝丝凉意，犹如那天下午我同你的道别。那天下午，我和你一同回家，到路的分岔口时，你却不同寻常地凝视我许久而未迈开回家的步伐，我疑惑地望向你，你说："一起走吧。"淡淡的声音包含着不舍的情绪，细想才知，走那条路也可以到我家，不过要多费些时间。饥饿的感觉占据了我全部的内心。我苦笑地摇摇头，婉拒了你。你的眉毛难得地皱成难看的一团，却也只是以苦笑回我以示理解。

第二天，一早便传来你发烧在家的消息。我恍然大悟，你原来似李白的诗，"清水出芙蓉"而词浅情深。汇聚的水滴化作我手中的桨，我又居于一叶扁舟，在河中央。河轻流，风轻扬，舟轻荡。

"和我一起走这条路吗？"

"好啊，顺便边走边聊。"

茫茫人海中，一人持一桨，划一舟，在一河，轻哼小曲，笑望河。

（指导老师：陈文清）

情事何了

盐田高级中学海梦文学社　魏正娜

漫漫红尘路，悠悠世间情。

人生来便已注定踏上归途，黄泉路上，三生石旁，多少人踏上奈何桥，饮尽孟婆汤，忘却前世今生，或执着，或无措，或忧愁，或欢喜，却终敌不过岁月无措，然终其一生，总有些东西铭心刻骨，愿化身为石也终不后悔。

地狱，他为三生石，她做彼岸花，一刹那的相逢，两颗质朴的灵魂就此相遇，便匆匆停住跋涉于尘世泥水中的脚步，小心翼翼而满怀渴盼地聚拢。在一个草长莺飞的年代里，没有居心叵测佛口蛇心的阴险，也没有多疑猜忌心怀鬼胎的虚伪。老实得几乎笨拙，竟就此开始"生死契阔，与子成说"。相约赴红尘，共同经历喜怒哀乐。佛云："错，错，错。"她只说："我不怕。"

一世，他是权倾九州的帝王，她是国灭家破的臣妃，她的冷艳却温柔了他的时光，浪漫了他的岁月。夫妻恩爱两不移，从此君王不早朝，自古红颜多祸水，却道是谁为红颜？诸国的马蹄声开始狂乱曾经的乐园，如今的哀土，谁又曾记得奈何桥边生死不离的诺言？佛现，道："明知是错，何若为之？回去吧。"她三尺白绫，笑绝红尘。只为一个来生也许不可能实现的诺言。而人间，从此多了一句"烽火戏诸侯，

38

幽王葬天下"的戏言。

二世，他是人间俊雅多才的书生，她为林中修习的蛇妖。断桥烟雨一相遇，便胜却人间无数。从此，侬为君痴，君为侬恩，相依相偎，相扶相伴，共同期许彼此口中美若晨曦的未来。然，情爱有多甜便会有多苦，当漫天的水淹没金山，当成千的百姓四散逃离，她怒了，同时亦累了。从此被囚于雷峰塔下，静待西湖水干。远方的佛摇头叹息，曰："举首错便步步错，一场孽缘，糊涂啊。"她只笑佛不懂人间情爱。

不知又过了千年、万年，天地间风云变幻，西湖水干，再到人间却不知如今的他流落何方，她回到地狱，尽失修为，再次化身为三生石，甘愿忍受五百年风吹，五百年日晒，五百年雨淋，只期盼他俊雅的身影再次从桥上走过。

人生若只如初见，何如不相见。若两人相遇注定分离，又何必浪费前生的五百次回眸，不如给此生，枉此一生，化身为石，永坠轮回。可若人间有情人皆害怕人生轮回，怀着诚惶诚恐的心对待命中所遇的人，又怎可体会那"一川烟草，满城风絮，梅子黄时雨"的思念和苦恼？又怎可领悟那"众里寻他千百度。蓦然回首，那人却在，灯火阑珊处"的欣喜和无奈？又怎可懂得"执子之手，与子偕老"的幸福和甜蜜？世间多少爱本无对错之分，只因心有千千绪，不忍吐离别。

"最是人间留不住，朱颜辞镜花辞树。"青春逝去与落花飘零，都是人世间最无力挽回的东西，前生的五百次回眸换得今生的一次相遇，善缘也好，孽缘也罢，我们只有去相信，去爱去恨，去闯去梦，才不负此生青春年华。

也许有一天，世界会小得像一条街的布景，我们会相遇，你点点头，省略了所有往事，省略了问候，我们就这样擦肩而过，但我相信你。我们都不悔遇过，就算真的就这样错过，那也挺好。

（指导老师：石炳田）

我的暑假生活

田心小学六年级　朱思扬

　　暑假，本来应该是尽情地玩儿，不停地到各个地方旅游的绝佳时期，可是我却不是这样度过假期的。

　　放暑假啦！终于可以出去玩喽！好像很久都没有旅游了呢！暑假的第一个星期，我这么兴高采烈地想着。第二个星期，我那高涨的情绪开始低落，心想：妈妈怎么还不带我去旅游啊？我都等不及了！然而，之后的两个星期，我和妈妈都是宅在家里，我看我的书和电视，妈妈给我做饭，也看看书，抄抄经。这样的日子一天天过去，我们母子俩都快憋出病来了！有一天早上，我和妈妈吃完早餐，就互相背靠背，也不说话，呆呆地在沙发上坐了很久。因为实在太过无聊，根本没有什么有聊的事可做，否则我们也不会如此无趣！

　　突然有一天，我翘首以盼的旅游终于来了！妈妈在最后一周里下定决心，带我出去玩。克服掉一切关于外出旅游的担忧，我们去河源玩了几天。在那里，我们住的是河源最好的五星级酒店，享受着五星级的丰盛美食和豪华的游泳池。真是舒服极了！妈妈把这几天的行程也安排得很充实。我们登上了龟峰塔顶，把新东江的美景尽收眼底。我们还参观了恐龙博物馆，河源被称为中华恐龙之乡，单是这一个博物馆就有一万六千多枚珍贵的恐龙蛋，对科学家们极有研究价值，所以被收入了世界吉尼斯纪录。我们也观赏了曾是亚洲第一高的喷泉，听妈妈说它足足能喷到一百六十九米高呢，真厉害！只可惜我们只是惊鸿一瞥。接下来我们游玩了万绿湖。我们在湖岸上远眺波光粼粼的湖面，湖心有几个小岛。我们坐上游船，登上小岛，小岛上林木苍翠，郁郁葱葱，偶尔听见几声清亮悠远的鸟叫，阳光从树叶间零零碎碎地洒下来，在地上形成一个个圆形的光斑，映射出小虫子的小小影子。在妈妈的鼓励下，我第一次挑战了高空速降，十秒钟穿越万绿湖的两岸，那个刺激令我惊魂未定却又意犹未尽。玩得累了，妈妈便带我品尝了当地的特色小吃，好好地慰劳慰劳我饥饿的小肚子。在河源，我既观赏了美景，又增长了见识和勇气，这可是我几年来玩得最开心的一次了！

我们依依不舍地离开河源回到深圳后，妈妈又给了我一个惊喜，带着我去大亚湾小桂漂流，水上乐园游泳。第一次体验漂流的我感觉可真刺激：沿着起起落落的河道，我们像坐着过山车那样，惊险地顺流而下，一路上都能听到我的喊叫声。到了终点，我还意犹未尽呢！水上乐园也不错，最吸引人的就是水上滑梯了，从高处一落而下，然后顺着曲曲折折的轨道滑到池中，那"呼呼"的风一直在耳边吹着。哦，还有波浪池，尽头有一台造浪机，可以造出人工波浪来，人坐在泳圈上随着波浪摇摆，有趣极了！回家后，虽然妈妈戏称我俩都成了"黑美人"，但我打心底里还是相当开心的！

本来，这个暑假应该是漫长而无趣的，无聊的生活也应该继续下去，可就是因为河源之行和小桂漂流而丰富起来。我爱我的暑假生活！

（指导老师：杨丽芸）

沉浸在花中的情怀

盐田高级中学海梦文学社　郑少君

花谢了，香犹在；人走了，情犹存。

——题记

　　月如歌，流年褪去浮华。花开花落，那么多年就过去了。于是，我们的岁月终于被称之为旧时光，跟着一路东去的大江，再不复返。我在想，那些陪伴我们许久的事，是否也会在夏季融化，然后，随着血液，流淌？我喜欢春天的花事，那是明媚里透着的一种绿色希望。各种各样的花儿，沉寂了那么久，仿佛都为了等待春天，等待春暖花开。当春的气息扑面而来，那繁花便一树一树地开，穿过时光的岸旁，团团簇簇地绽放，迎着春风，招摇地摆动，却又让人觉得那是满眼的惊艳，有着青涩的美，亦有着饱满的媚。

　　时光，亦是一朵花，虽然妖娆过后，终有荒芜的一天。可是我依然喜欢，守在迟迟春日，在满园芬芳的花香里，驻足在季节的渡口，倾听花开的声音，让满庭芳蔓延在我的心头。

　　草长莺飞，灼灼芳华，一幕幕的春暖花开，总让人想起青春，想起生命中类似花开的日子，想起一些关于美好的友情，那样明媚，那样温暖。那是开在心头的花朵，格外妩媚，格外耀眼。

　　也是在那以后行走的日子中，才渐渐明白，那样温润的花朵，原来被我们在最初的时光里，注满了甜蜜，注满了温馨，所以才会绽放得那样惊心动魄，那样荡气回肠。一如生命之花，一如青春之花，一如友情之花，在最初的最初，总是浪漫而绮丽，总是热情而丰盈，如同春日花朵一般绽放，只要抬头，便能触及一片温暖，不自觉地明媚微笑。

　　于是，想起在青春飞扬的日子里，年少轻狂的我，总是抱着一颗清澈期待的心，临水照花，对俗世繁华有着依依的眷恋，对未来、对友情，有着无限美好的遐想。幻想着，我要在人间烟火中，在时光隧道里，铺满一路花香，铺满一帘绿意，当最明媚、最耀眼的一朵。

　　可是，现实有着无法诉说的无奈。落落尘世，谁能和时光对峙？明媚的阳光，并不是时时都能拥有。所谓生命所谓青春，甚至友情，都只是花开一瞬，虽美丽，却短暂，往往只是在不经意的转眼间，那些明媚，那些梦想，已经和我们隔了天，隔了地，隔了沧海，隔了桑田。

　　也曾在花季年华，在郁郁葱葱的校园里，守着雨后黄昏，倾听花语。那时，心里无比绵软，春日花绽如雪，沾上了点点雨珠，在幽幽的光阴中，寂寂又艳艳地开，开得那样美，开得那样好。而花下的少女，脸上有着温暖的笑容，凝视着我，和我一同朗诵我们用心书写的红笺小字。

　　原来，最美的时光，只因有你。最美的花开，只因有着纯粹而真诚的友情。这样美好的友情原就是开得最美丽的花朵儿呀，恰到好处，不张扬而润心润肺。可是，我们谁曾想到，这样的静好，亦有颓败的一天？我们醉着醉着，走着走着。当以为，即将迎来花香满径时，时光却和我们开了一个黑色的玩笑，碧落黄泉，无路可通，除了绝望，就是冰冷。

　　弦断，花落，梦想于我们，过于奢侈。也是经年以后，才明白，那段有你的春暖花开，是我生命中最明媚的颜色。虽短暂，但妩媚，亦绵软。命运没有给我们留白，但即使隔了天上和人间，我的心中，永远有一座珊瑚宫殿，有一个幸福无比的童话故事，而当中的主角，是我和你。

花开，有期。对你的想念，已经是一段无法投递的心事。可是我庆幸，在你脆弱的生命里，我来过。那一段轻微的生命，那一段织锦繁华的日子，因为友情，便已无憾。

花开的日子里，我愿意，默默念叨你的名字，怀念那些已经远去了的美丽妖娆，把曾经缱绻的画面镌刻下来，把那一场花开，永恒地插在我内心的花园里，插在心深处。

花开一刹那，便已永恒。当春天来临，定当记取花开时，珍惜一页春意，莫待花谢时，空惆怅。如此，足矣。

（指导老师：石炳田）

答　案

盐田高级中学海梦文学社　周希媛

"最后得出结果，是癌症。希望你们做好最坏的打算。"医生说罢，递过来一张薄薄的检查报告，方框眼镜后是一张不容置疑的严肃表情。

左小岸十二岁那年，她的外公被检查出了癌症。

当时的左小岸只是一个刚上初中的小女孩，没读过什么课外书，对癌症一无所知，她觉得肠胃炎大概就是世界上最可怕的病，因为还要打吊针。妈妈和外婆哭得天昏地暗，她呆呆地站在病房外，看着房内墙角一株不知名的绿色植物，心想外公得的大概是比肠胃炎更可怕的病。

外公靠在床上，眯着眼看着检查报告，沉默了几秒钟，咧嘴说道："多大个病，我这不还好好的吗？没事的。"

周围的人都在哽咽着，试图用断断续续的话告诉外公，这个病有多可怕。左小岸断断续续地在旁边听着，只听出了"痛苦""死"，不禁对这个病感到恐惧起来。一想到也许会因为这个病失去亲爱的外公，左小岸的眼泪也不禁扑簌簌地落了下来。

外公也不知道听没听进去，不耐烦地挥挥手："知道了，知道了，该干什么干什么去吧。"

亲戚们都哭哭啼啼地走出病房，去办各种手续，交费，只留下左小岸在病房里。她有些无聊地在病房内四处走动,想起墙角那株植物,走近看才发现像是从藤蔓上扯下来的一截,带着些许宽厚的、如翡翠般深绿的叶子,装在花瓶里头。

"也许是上一个病人留下来的。"左小岸心想。她伸出两只手小心端起花瓶,打算放到窗台上阳光好点的地方。刚把花瓶拿起来,外公那有些沙哑的声音传入耳畔,"放在那就好,别乱动"。

左小岸以为是外公怕自己拿不稳,花瓶摔了弄伤自己,便笑着对外公说道:"没事的,我能拿得稳,这植物要放在角落里不见光没几天就枯了。"

外公忽然"哈哈"笑了起来:"哎呀,绿萝啊,只要给它点水,在哪儿都能活得好好的,还管他光不光咯!"

左小岸感到十分神奇,只听外公自顾自地说着:"以前我们在部队,不让养小花小草,偷偷养,养在床底下,见不得光,养不活几天,闷得很哪!不晓得那次谁偷偷摘了一枝绿萝来,养在床下,以为最多活个几天,嘿呀!哪个晓得还越长越大了,哈哈哈哈……"

左小岸以前只听说外公当过兵,却没听过还有这么一段故事,也跟着外公哈哈笑了起来。

那天晚上左小岸就带着对绿萝的无限好奇,坐火车回家了。上初中之后,学习也变忙了,只能每隔一年回家看一次外公。每次回去,外公都瘦了很多,从一开始的健硕,到如今瘦得只剩皮包骨头,但外公却是始终精神焕发,能说能唱,有时候兴致来了还找其他爷爷切磋棋艺。医生说,外公可以活这么久,要归功于这种良好的心态和很强的求生欲望。

左小岸听着医生和爸妈分析外公的病情,眼神却看向了病房的角落——玻璃花瓶里的绿萝已经伸出了长长的枝丫,像是舞女柔软的手臂一样。外公的病房换了十几个,但他始终都带着那一株绿萝。左小岸总想不明白,绿萝有什么好的?那么常见,普通得不能再普通,外公为什么偏偏这么喜欢？

"啪！"两颗象棋子碰在一起，同时伴随着外公的大笑声："看我吃掉你的马！"

"哎呀！"对面的爷爷大喊"糊涂"，只好走了一步车。

外公皱了皱眉，端起茶杯抿了一口，眉头忽然舒展，眼睛放光，放下白瓷茶杯，右手三根手指执起一枚棋子，又是清脆的一声"啪"，"哈哈，你的车也被我吃了！"

左小岸看着，脑中忽然响外公那沙哑的声音，"只要给它点水，在哪儿都能活得好好的！"

看着像个孩子一样快乐的外公，左小岸好像知道了答案。

（指导老师：石炳田）

冬日的暖阳

盐田高级中学海梦文学社　许丽诗

你是否曾期待着在冷风呼呼地吹着的时候，会有一束温暖的阳光包裹着你，使你暖和，使你重拾对冬日的希望。那一束微不足道的阳光，犹如慈祥的奶奶的手，牵引你脱离冬日的寒冷。

上周是我进入高中以来的第一次大考，我的父母格外重视，我也很重视，但是，考完之后，我却怎么也开心不起来，总感觉怪怪的。

这周一上课，各科成绩就陆陆续续地被公布出来了。首先"出炉"的是数学成绩。这一科是我比较在意的一科，同时，也是我比较担心的一科。一上课，我的心就一直悬在半空中，摇摇欲坠。只是，老师并没有念成绩，而是，直接讲评试卷。

一题，两题，三题。我看着自己那满是红叉的试卷，一种说不出的感觉油然而生。有伤心，也有一点意料之中，但，更多的是愧疚。我一直沉默着，一言不发地听着老师那详细的讲解。在最后的那几分钟，老师语重心长地说："为什么我不直接公布分数，而是要先讲试卷？因为，分数其实只是一个结果，相对于分数来说，让你们懂得解题思路，然后，自己再去总结分析，才是最重要的。"

这几句话，其实，我也懂。只是，内心的悲伤仍压抑不住，但我又不能够靠在朋友的肩膀上放肆地哭。因此，我就这样压抑了一上午，整整一上午，一句话也没说，就连中午，我也没去食堂吃饭。

站在宿舍的阳台，听着那些所谓的哀伤的曲调，抬头盯着那灰蒙蒙的天，风，正嘶吼着，并且毫不留情地打在了我的身上。冬天，你终究还是来了。

午休过后，我早早地回到班级，"咦？是谁给你的呀！"我的同学指了指我的桌子，好奇地问我。我拿起了桌子上的那个三明治，发现了压在下面的一张便利贴，撕下，拿起，仔细地看了看，心中顿时暖暖的，好似一束阳光正照射在我的身上，温暖正包围着我，这种感觉很好。暖心的安慰，细腻的关心，鼓励的话语。这一张小小的纸，竟让我感觉到了如火一般的温暖。就像是坐在了火炉旁，炉中的火正缓缓地燃烧着，不紧不慢。热气不断上升，温暖遍布了我的周围。此时的我，与外界有关于冬的一切隔离着，血液中流淌着温暖，心中充满了暖的气息。

心情忽然好多了，心中的悲伤也逐渐消失了，取而代之的是来自朋友的安慰与关心。其实只要自己努力了，不就无憾了吗？若是这次的结果不那么地满意，下次就努力点！我暗暗地提醒着自己，同时，也向那个使我重拾信心与希望的朋友，投去感谢的目光和发自内心的微笑。此刻的我，很幸福。

冬日里的暖阳，就像是将你从悬崖边拉回来了一样，就像是在那狂风咆哮着的冬日里，照耀在你身上的一束阳光，使你不再失落，使你感到温暖，使你重拾希望。

（指导老师：石炳田）

冬·夜·夫妇

风大肆拉破冬的口子，一点点地向夜晚灌进冻住的记忆。米黄色的光晕撕扯着黑夜的燕尾服，稀拉地投印在我滚烫的额头上。

爷爷拖着我走进冷清的医院，摇晃着踱进就诊室。我瘫在了医生的桌前，使不上一点力气。滚烫的额头贴在发凉的木制檀红色方桌上，一缕寒意窜进身体。

这时，门突然被人推开。一看，原来是刚才在医院大门口遇见的那一对男女。一只手痛苦地拽着腹前绯红色的裙，另一只手被男人紧紧握住，搭在男人的肩上，无名指上镶金的戒指格外引人注目。女人因疼痛而扭曲的面部表情让人不寒而栗。她腹前褶皱的布料浸着层层汗迹，左手上玉手镯的翠绿竟显得黯淡。理智让我从凳子上挪开："你们先来。"男人紧绷的脸因松了口气而松弛了下来，对我深深一笑。男人微屈着右腿，缓缓地弓着背，贴着女人的脸，把她轻轻地放在凳子上。男人手臂上突起的青筋和胳膊上隆起的肌肉告诉我，他费了很大力气才让女人不增加疼痛地坐下。

医生望了望我，递给我一副退烧贴后迅速地询问起女人的状况。我隐约看到女人原本清爽的短发被汗弄得一缕一缕的，男人温柔的把手来回摩挲在女人的头发上。迷迷糊糊的我听不清医生的话。

　　我坐在角落里，静静的看着那男人爱抚着自己的女人。医生给那女人开了一些药，她咕噜地拌水吞了下去。在退烧贴的作用下，我的眼神渐渐清晰了起来。那女人微微抬起头，苍白的脸回了我一个孱弱的微笑。

　　稍后，我们一道走出医院。男人停了下来，认真地对我们说："非常感谢你们给我夫人让位，现在太晚了，我送你们回家吧。"他十分感激的说我旁边的爷爷替我点了点头。一路上，我和爷爷坐在他黑色的轿车里，望着窗外被车速连成直线的灯光，逐渐从我视线里淡入、淡出。黑夜仿佛永远没有尽头。

　　在无数个无声的夜里，我常常会想起那晚相遇的夫妇。他们让我相信：世上所有的爱都是等价的。

（指导老师：石炳田）

桃花与桃木

盐田高级中学海梦文学社　陈康倩

深扎于土地的桃树，拼命地汲取营养，而后输送到枝头上的每一个芽孢，不久后，悄悄探出头的是绿叶和微微绽开的粉色花朵。

很多年前，当我还拉着外婆的衣衫角满屋子转的时候，不知何时，"呼……呼……"一辆灰黑色的摩托车停在院子里，随后外公双手抬着一盆植物，我抬头望着外公，浓黑的眉毛横在深深凹陷的眼睛上方，黑褐色的脸毫无褶皱之感。外公以沉稳的步伐迈进屋子，两只手紧紧握住陶缸底部两端，轻轻地把它放在客厅一旁。

陶缸里装满了红褐色的泥土，一棵细而高的青灰色的树栽在泥土中央，细枝上镶着许多片绿叶。渐渐地，一股清香缠绕着树，那是绿叶的香。

外公说，这是桃树。从此，我便开始与这棵树朝夕相伴。

不久后，树被移植到院子里。春天到来时，新的嫩桃叶从芽孢里喷涌而出，叶的清香绕满桃树。很快，叶与叶之间会生出小花苞，灰绿叶瓣下蕴藏着粉色或白色的花儿。

偶然一天清晨，我静静观看时，叶与叶之间已长着一朵半开的花，一抹阳光斜映在粉色小花瓣上，她慢慢地、羞涩地笑了。于是，她由一个嫩小孩童成长为一位亭亭玉立的、含笑的少女。缓缓亲近她，深深地一闻，薄纱般的香令人心境清宁。

不知过了多久，花瓣开始枯黄，而后凋零，留下一个小青果。小青果一天天地长大，长成一颗我想念已久的桃子，但这颗桃子只有乒乓球大小。

十岁时，我离开了这棵树。

今年大年初二，我同家人一起去拜访外公外婆。车子开到村口，我便看见了一个熟悉的身影，是外公。"外公！"我拉开嗓子。"哎！回来了！"他连忙转身，车子虽与他隔有一段距离，但他黝黑消瘦的脸庞依然清晰地映入眼帘。外公在前面小跑着，引领着我们，似乎怕我们不识路。

进屋，从房间往外转一圈，一切如初。

一向不喜爱喝茶的外公见我们来访，才搬出茶几，泡茶招呼我们。外公把茶几放下时，坐在桌子前的我下意识抬头，不知从何时起，外公的双眉上添了几根白丝，皮肤皱了许多，眼角旁的皱纹也深了许多。笑的时候，嘴角边的笑纹拉伸到下颚。手臂上被皮包裹的青筋，即使不握拳，也凸起得明显，似青色的藤条。

不一会儿，外公便开始忙着做午饭，厨房设在院子里，他不得不把放在屋里的厨具搬去厨房，锅具大多是泥土陶制而成的。他双眉皱聚，肘关节弯曲，双手提着锅耳，缓步走向厨房。

我走出屋子，想看看院子里的几棵树。

刹那间，一棵光秃秃的树吸引了我的目光，是那棵桃树。青灰的树枝上一片叶也没有，一朵花更是难寻其迹，哪怕是枝头上的芽孢也变得枯焦。"难道它已不能长了吗？"我心想。

吃过饭后，便要离开了。坐上车，与外公外婆道别，车子渐渐开远了，我回头，依然能看到外公外婆的身影。

桃树养育的花儿与叶儿走了，只有桃树依然在原处等待。

（指导老师：石炳田）

吃出风月无边

盐田高级中学海梦文学社　陈牧冰

胡兰成在《今生今世》中写道"母亲叫我剪桑叶，要照她的样一把理齐了剪得细，因为乌毛蚕嘴巴还小。她教我溪边洗白菜，要瓣开菜瓣洗得干净，上山采茶，要采干净了一枝才攀另一枝来采。"看到这里又想起不知道谁的话"半生饕餮载酒行，老来仅余食菜根"，心里时时念叨着的厨房冒着一股烟，人间烟火。正好，半夜三更偷偷走进院子里，燃了豆萁，手柄一灯，想着明天回忆着昨天的吃食，人嘛，无可奈何时除了埋藏泪眼婆娑，就用这种温暖来保护自己。温暖，从食物开始。

伊是四川人，擅辣，擅爆，擅齐家聚话和乐融融。每每吃到她的饭，第二天喉咙都难以发声，伊不屑地看我"是怕啥子辣，要得起，幺儿要崅得吃"。总的来说我喜欢淡菜系，粤系淡，川湘辣，沪系甜到腻歪，几种一结合，难以言说的滋味。就像上海人，泡饭很受欢迎，炒熟了茼蒿、菠菜、黄豆芽绿豆芽，百叶结点后缀，下到一锅"咕嘟咕嘟"炖汤，不放盐，放少许白醋，成甜味，浇到干饭上——米香和菜生，清暖飘逸，两腋有生风。把这叙述给伊时，伊正端上自制酱料火锅，没说话，递给我筷子，尝尝——正好，真好。再后来回川西祭伊的母亲，伊不说话，看着砧板上扭动的活鱼，许久，手起刀落，震得玻璃嗡嗡响。又拿来几段鳝鱼，剔骨，撒姜末，生抽一腌，整个厨房又安静了。蒸锅的蒸汽不安分地飘出来，小小的房间模糊不清，半晌，伊指了指鱼和鳝，说"她就喜欢吃这些，乱炖"，她是谁，彼时我不知道，又切葱花，加醋、冰糖、一点点豆豉。端上桌，咬一口鱼，看着伊一直在切，掂勺，点料，三千烦恼丝已白了半数，伊是老了。寻着母亲给我伊年轻的照片，恬恬淡淡，全不同现在的火爆，问为什么，母亲幽幽地回答"催人老呗"，她不肯说出岁月二字，因为岁月已经横叠在伊身上，刻尽沧桑。

　　小时候走出家门看到的就是防风林和沙，幼儿园老师就催着说："我们说不定是一辈子在这儿了，你们可得要好好学习，考大学的时候离开这儿。"小时候不懂什么叫作"走出去"，只知道走出去就要走回家，然后当真正走出去离开边陲克拉玛依到托克逊到和田，到库车，到乌鲁木齐，到嘉峪关，到张掖，到酒泉，最后到上海，到深圳，离开了只剩下好听名字的荒芜之地，繁华都市已经填充了我的心。西泠、台朔、苏荷、等好多霓虹灯下的非凡之地，原来也是可以取代桦树林的吆喝声，胡杨千年的诺言，还有长河落日的静谧。像维吾尔族的馕，是在我小时候看来深不可测的馕坑里烤制的，现在却在只齐腰深的火坑里烤，撒上芝麻，刷一层油，暖烘烘的小孩吵闹声，翻一个面，金黄酥脆。像对于库尔勒的梨，运到内地，价格瞬间翻三倍不止，到超市吓一跳，叹息价格之贵的同时后悔在新疆的时候为什么不多吃一点？走在巴音郭楞蒙古自治州的首府库尔勒市边缘，孔雀河灌溉着的土地，梨树林望不到边，花季时开着的梨花白色带点粉红，应了"千树万树梨花开"的景，再到丰收季节，绿篱上挂满绿梨，没来得及摘的就已经金黄。走到老乡家，要几个梨是没问题的，拿回家，切大块，水多，烧热锅底，倒橄榄油，下梨直接炸，捞起，满室清香。拿出刚买的焦糖，对着菜谱加热再烧溶，放梨，换平底锅，慢慢加白糖水，等水烧干，梨已经有酥饼的口感，可以上桌，待知音品鉴，不比饭店烦琐的工艺做出来的差。

回到大城市，虽然亲戚朋友都在这里，但仍然没有那种回归的感觉，认为自己还是异乡人，漂泊感顿生。这都是虚无缥缈没有精炼的，只能在空气中嗅回原来的气息和在食物中寻找原来的味道。这种味道不是鲍鱼、生蚝、老鸭汤等能比拟的，再吃下去什么都恍如隔世，众里寻他千百度，蓦然回首，却仍不见路上的"它"，就渴望再回到大西北，那种从小抚育你的食物实在可感，朴素又热乎，在那种"乱七八糟什么都不对"的日子里给你一个很大的拥抱，原来也不是那么糟糕，吃饱喝足睡一觉醒来，原来也"处处绿杨堪系马，家家有路到长安"。

东西南北菜不乱，老人说"有酒若此，有肉若此"，不管多远都是一个温暖的劲头。在中国台湾，有的民宿家庭会约请你喝他们自己酿的青梅酒，青梅剪影，琥珀色的酒水透着清冽的光，笑笑看，溢出滋味。你再往前路看看，喝一口正山小种，简单又极妙，浓淡有序，时光的流转与乡民的不期而遇，浑然天成。

冬日到上海，下着小雪。进到老屋，还烧着火，火上坐着瓦罐，坐着南方特有的茶，端着茶，烫手，温暖。雪余，从崇明望江，回想我吃着袜底酥、筒子糕，初看静安寺两头狮子的场景，清霏有味，风月无边。

（指导老师：石炳田）

破茧成蝶，美在过程

盐田高级中学高一（8）班　刘雅菲

晚上和父亲一同看北京卫视的《我是演说家》节目，其中有一个人的演说令我印象深刻。他让我明白了通往成功的过程是克服困难的过程，是不断进取的过程，是坚持不懈的过程。

郭伟阳，2012 年伦敦奥运会体操团体赛冠军。他这次来《我是演说家》的舞台，是做一个退役演说，想给自己一个完美的退役仪式。

郭伟阳，今年已 26 岁。从 5 岁就开始练体操，别的小朋友每到周末可以出去玩耍，他一个人要去练体操；每到节假日，所有人都放假了，他还是要去练体操；甚至当他 20 多岁时，别的男孩子都带着女朋友出去，约会看电影，他依然还是在练体操。有两次练自由操时，他空中动作失控，当场脑震荡昏迷。当他躺在床上不能动时，他常常看着天花板，总在想，体操让他付出了这么多青春，让他承受了那么多痛苦，为什么还要坚持？从幼儿园开始，他就是替补，到市队替补，到国家队替补，到了最后都成了超级替补。

他什么时候才能翻身，什么时候才能有出头之日？就在 2012 年伦敦奥运会，5 个正选 2 个候补，他依然是以候补的身份出征，但就在从北爱尔兰出发伦敦的前一天，一个正选意外受伤，最后得知要他顶替时，他既恐惧又兴奋。因为他知道，空降赛场，他的表现将决定中国队

57

的成绩。第一场比赛，他们只获得了第 6 名，他知道那主要是他的原因，他无法面对观众，无法面对队友，无法面对教练。决赛时如果失败，输的不仅仅是他 21 年的青春，更是一个团队、一个国家的荣誉。最后，他顺利地完成了一系列动作，他看到了教练的笑脸，队友的笑脸，听到了欢呼声，他成功了。他没有辜负自己 21 年的青春，没有辜负所有人对他的支持！21 年的体操生涯，21 年的艰苦训练，终于在这一刻有了美好的结果。

　　"我，郭伟阳，中国体操队队员，正式宣布，退役。"那一声"退役"何其深沉，他即刻闭上了双眼，深深地鞠了一躬。从国家队退役，意味着以后再也不能当替补，再也不能代表国家参赛，再也不用抱怨训练辛苦的日子……郭伟阳不仅是给自己演说，也是给所有人演说，更是给那些像他一样一批又一批退役的运动员演说。

　　看完郭伟阳的演说，我感触颇深。21 年，郭伟阳努力了 21 年啊！在获得一枚奥运金牌后便退役了。这 21 年的酸甜苦辣只有他一人知晓，这 21 年他流下了多少血与汗，又有谁清楚？21 年，比蝉在土地下隐忍的 13 年还长，比我从出生到读完高中的 18 年还长。

　　很多人说，郭伟阳是幸运的，中国不知道有多少运动员也如他一样努力这么多年，可他们甚至连一个普通奖项也没有，更何况是奥运会金牌。假如郭伟阳的队友没有受伤，那他也会带着遗憾退役，可转念一想，如果这样的机会降临在其他运动员的身上，他们能把握住吗？他们有如郭伟阳这般努力辛苦地训练吗？水滴石穿，非一日之功。这也让我想到了：科比之所以能成为科比，不是因为他有多幸运，而是因为他每天都能看到洛杉矶早晨四点半的天空。

　　尽力做好每一件事情，脚踏实地地走好每一步路，让人生的过程愈加灿烂多彩，机会来了便把握住，全力以赴，无愧于心。这样，所有的努力和汗水，一定会让你成为一只美丽的蝴蝶。

（指导老师：万小亚）

味入心间

盐田高级中学海梦文学社　许丽诗

天南海北，在水之涘，乡间炊烟是食物的呐喊，亦是归乡的呼唤。

卧于陌生而又熟悉的床上，闻着乡间的味道，我仍清楚地记得，那一夜，即使很热，我却在没有空调的房间中安然地熟睡。

清晨，窗外的薄雾仍然没有消散，街上的一切就像是披上了一层纱，朦胧却又清晰。

此时，外公外婆已经出门去采购食材了，我又有口福了。于是，趁着时间还早，我决定出去走走。

踏在乡间的小路上，嗅着空气中夹杂着泥土的清新味道，这一切，是多么珍贵。看着远处那隐隐约约的两个身影，我一眼就认出了他们。那由于多年的劳累，而微微弯曲了的身躯，却仍然卖力地提着大包小包的东西，这大概，就是他们表达对外孙女的思念与爱的方式吧。我连忙跑了过去，帮着外公外婆拿东西。漫步于乡间小路，迎着日出，一路上有说有笑。此时，三人的身影，定是一幅最美的画吧。

外婆开始做她的拿手菜——酿豆腐。从选材到制作都是外婆亲力亲为的，而这道看似简单的菜，却是要下不少功夫的。

我跟在外婆后面偷着学，待我学会了，日后一定做给她吃。首先，将肉洗净放于砧板上反复地用刀剁碎，并不断翻转，使肉更具有弹性。

59

其次，将马蹄、虾米、蘑菇等看似普通却能使这一道菜上升一个层次的美味食材，切碎，然后撒入肉末中，再次剁碎。反复几次后，才开始处理豆腐。外婆说了，选豆腐也是有讲究的。要是所选的豆腐炸的时间太短，吃起来便会太软；要是炸的时间太长，豆腐便会过硬，失去了原有的口感。只见外婆拿起一块炸豆腐，轻轻地将豆腐皮撕开一点，然后将刚刚准备好的馅料放入其中，不能过多也不能过少。因为过多会使豆腐皮撑破，在蒸熟的过程中，便会使美味的汤汁流走；不能过少，因为这样在吃起来的时候，就会觉得只是在吃豆腐而已。因此，这个过程也是十分重要的。看着外婆在一番折腾后，终于把它们做好了，我满心的期待啊。待它们出锅之时，便是我享受美味之时。

我细细地品尝着这道家乡菜，先是一口香脆的豆腐皮，然后，是在无意间挑逗着你味蕾的汤汁，最后，是一口满满的馅料。我忽然觉得，我正在吃的不仅是一道普通的菜肴，更是一道满载着爱与思念的菜肴。这是一件多么幸福的事情！

在这个忙碌的时代，人们往往会因为时间的缘故，而忽略了那些牵挂着他们的人，而这些人，往往只是通过各种简单而又伟大的方式将思念带给他们，而并非抱怨。

故乡，永远是最温暖的地方。故乡的菜肴，永远是最熟悉的味道。

请记得，无论你身在何方，只要你累了，请回头，家，就在你身后……

（指导老师：石炳田）

悟

盐田高级中学高一（8）班　陈旭烨

两天时间里，做了五份中考试卷，这也预示着三年初中生活的结束。

仿佛不久前，我们还在用力书写着青春的彩页。不甘平凡，冷暖自知。校园，走进，走出。小雨，微风，离别。

高中生活如期而至，可我显然没有做好准备。迷惘，困惑。每天都在原地踏步，或者说在退步，成绩上的压力更是让我喘不过气。人到脆弱的时候总会去寻找过去温暖的蛛丝马迹，可是紧攥在双手的那点温度怎敌得过现实如残冬的寒意。期中考试风风火火地落下了帷幕。看到成绩单的自己像被放空了一样，麻木得没有悲伤。母亲看到成绩后只是笑了笑。她告诉我她给我时间，给我时间去变成心中的自己。她会等，等那个我期待的自己到来。黑夜里母亲的瞳仁像琥珀般温柔地能滴出水，剔透而洞彻心扉。

分班在即，班上的同学都在为自己的梦想储蓄着迈上第一级阶梯的实力。如果说期中考试前的自己是懵懵懂懂，浑浑噩噩的。那么现在的自己有了一个强烈的愿望——进文科重点班。我意识到自己的心态开始慢慢转变了。从刚开始对成绩的无所谓到现在想全力拿下每一分，上课也好好做笔记，书本上的知识点我连走路都在默记着。那个时候的自己并不知道结果如何，也不去想结果会怎样，只是想拼命努力，让日子过得充实。在一道道习题中，高一上学期的剧场也接近尾声。

孤星哀号，无夜无月。萧瑟的冷风簌簌吹起发丝，迷离了双眼。雾气在风中与落叶竞相追逐。想起白天时，身边的同学为付出没有得到应有的回报而默默流泪，我心里也难受。自己的成绩虽略有起色，却远没有达到自己满意的结果，感觉眼泪随时都可能决堤而出，却找不到哭泣的理由。心里有一个声音不断重复着："这样就结束了吗?"我久久后回答："不，才开始!"

感谢接连不断的挫折，让我听到内心的想法，也让我真正开始懂得自己的追求。当被告知我进入文科重点班的消息时，没有激动，没有狂喜，仿佛在很早之前我就做好从容地迎接它的准备。我想这就是成熟吧，能独自一人啃食掉失落与不甘，从轻浮变为内敛。我该出发了，向着新的目标。

雨浸风蚀留下了落寞与沧楚，也留下了回味和思考。触摸理想的岁月，感悟青春奋斗的日子，你会发现：时间永远是旁观者，所有的过程和结果都需要我们自己承担。

我还在路上。

（指导老师：万小亚）

邂逅美景，情思蔓延

盐田高级中学高三（5）班　李淑薇

离开喧嚣繁闹的深圳，身在一万米高空，看看窗外，浅蓝色的天空，下面飘浮着乳白色棉花糖般的云，浮躁的心平静了下来，此时睡意正浓。这是一段新的旅程，不是和过去告别，也不是开始新的生活，只是想带上洒脱的心上路，去好好感悟新途。

盛夏七月，想遇一场风景，遇一处文化，遇一个人，遇一种心情，遇一位他乡故知。拥有厚重历史积淀的河南是中原文化的发祥地，初次见面，它那独特的气候令人印象深刻。去郑州途中，纸屑街头遍地，下班高峰，各种交通工具大汇合，释放的污浊尾气令整个城市看起来有些颓旧。大家还未熟谙，第一天各自沉默。

开始踏上旅途，走进清明上河园，映入眼帘的是古都建筑，看看《清明上河图》的浮雕，看着高耸的虹桥，看看开阔的汴河，岸边的柳条摇曳，颇有一种江南的婉约，浓厚的宋式古风扑面而来；探访开封府，只觉得气势恢宏，巍峨壮观，包老爷的正气佳话处处流传，多少冤假错案一一揭开，却也让我知晓秦香莲只是后人编撰的传说。才走了两处地方就已经有些疲倦了，期间，我和好朋友李婉榕还因为走错了路，耽误了大家出发的时间，说来也羞愧，不过第二天大家好像都相互了解了，开始闹开了。

少林寺威震四方，源远流长。走进千年古寺，无雾气缭绕的庄严神圣之感，却有游人如织，笑语喧哗，与大道毗邻，道路两旁商铺林立，令人心生浮躁与世俗。待见识到少林武术，看着那些年幼的小僧，才深觉嵩山幽谷是武术的故乡，一时间莫名的崇拜感油然而生。

常人说："不登山，不知山高；不涉水，不晓水深；不赏奇景，怎知其绝妙。"云台山以山称奇，以水叫绝，这里有大自然赐予我们的美好，有高大巍峨的山峰和茂密的树林，烈日炎炎，太阳当空照，走过崎岖的山路，已是大汗淋漓，所幸下有一潭碧水，带来意外清凉之感，忽有"登高使人心旷，临流使人意远"之意。阳光通过树枝、绿叶，照射在石块和流水之上，尽管背湿脚酸，在大自然中游玩，与自然亲密接触，反而有一种轻松、愉悦的感觉。

或许是真的走累了，一天下来，大家都一脸倦容。大巴车很干净、很舒适。一上车大家都昏昏欲睡，睁开眼的时候已经到了目的地。

六天下来，见识了不少，游一处风景，寻一处特色；见一处特色，悟一片心得。我们这群文学少年因比赛而结识，一同徘徊在这方土地的音阶上，在路上，遇见了真正的自己。从初识时的腼腆，相知时的嬉闹，到别离时的感伤。我永远也忘不了车厢里奇葩的自我介绍：性别模糊，水妹妹传奇，还惊现推销学校的广告哥，车厢后座"纠缠不清"的两个男生和麻辣文学团，那一张张合照、一张张自拍照、一张张逗乐照，这些点点滴滴都成为即将步入高三的我珍藏的回忆。真希望那六天能无限延长！

我们总在秋日感叹春天里的绿色，在冬日渴望夏的温暖，人生匆匆，是时候慢下来，不要为了匆忙赶路而忽视了沿途的风景。远方好不好，不去看看怎么知道；旅行好不好，不去试试怎么知道。背着背包的路上，才能看许多人，听许多事，见旅行风景。去了不同的地方，才能领略不同的风景，知道不同的事，感悟不同的人生。就这样，我似乎成长了。流转的时光，都成为命途中美丽的点缀，静静看天，情思蔓延。

夜幕的黑色更彰显了河南的古旧，街边闪烁的微光为这个城市添了一丝光彩，尽管它没有深圳的繁华，却有厚重的历史文化沉淀，在这里我留下了深刻的足迹。深夜，随着滑轮接触地面，飞机一阵抖动，我不舍地对这座古都说着再见……

（指导老师：鄢秀锦）

在清晨，须独处

惠州一中高二年级　李祥杰

　　世界总是喧闹的，因为它需要在喧闹中更迭前进，而置身其中，一个人则更需要宁静。挽上窗帘，在自己内心的六叠之室中抽丝剥茧，闹中取下一瓢静，正如周国平先生曾写道："我发现，世界越来越喧嚣中，而我的日子越来越安静了。"

　　到底静为何物？北岛先生在《青灯》中，一个人穿过残垣断壁、苍松枯柏来到山崖上，沐浴着夕阳，心静如水，将生活中的悲欢离合置放于地平线之外。而我们又何尝不是怀着盈盈之心去觅一方清净？却总是因为放不下名利纷扰所以有巨大的临渊之感，古代的智者，做出了很好的选择。陶潜在斜阳飞鸟中荷锄而归，见故人而语依依；伯夷叔齐不食周粟，隐于首阳山采薇而食。他们都平静地表达着静的意愿，内心自足而高昂，将万物的光影抚慰成最平直的线条，纳入心底，如朝霞般清幽，如炊烟般恬美。

　　的确，现实的快速更迭使我们习惯于吸吮一种突然的甜蜜，汲汲如牛虻吸血，每个人都匆匆忙忙，像陀螺般飞速地旋转而停不下来，满足于快速得出结论做出决定。这时的内心，只是一只悬浮的木桶，满满的，而世界的真谛却在将要溢出的边缘外。没有真正的静，碌碌之人怎能苛求自己去丹漆随梦，从喧闹中抽身去兴重阳落帽之雅，朗诵春树暮云之句，去觅得一份安静呢？

而对爱默生来说，他是非难无意义的喧闹，信奉独处的。面对世俗的熙熙攘攘，梭罗甘愿做一个主流社会思潮的弃子，在自己亲手搭建的小木屋里，用一份僻静书着瓦尔登湖畔的每一次月出星坠，用和煦而超验的笔触，轻轻地剥下现代人被喧嚣吞噬的铁锈。

周国平先生告诉我们："人生的境界应该是丰富的安静。"是的，我们需要安静，却不是晌午那窒息的压迫中的静，也不是每天的三点一线，在静止中被款款抹去生命的气力。静下心来，在一个疏星藏月之夜，在窗外榕树的细细的叶子婆娑，斑斑树影，三两遥遥的犬吠中，去感受济慈的夜莺清唱，去感受屈原的吟啸放歌，去感受桃之夭夭，灼灼其华，去学习君子如切如磋，如琢如磨。安静于心，会给躁急以清冽，给高蹈以平实，给粗犷以明丽。

毕达哥拉斯提醒我们："在清晨，须独处。"保持丰富的安静，在喧嚣中去倾听那亘古的回音，未尝不是一种智慧的选择。

（指导老师：宁家瑞）

美丽的谎言

田东中学初二年级　朱真如

　　天渐渐暗了，几朵铅色的云遮住了天空，缝隙中透出红色的云霞，是血的颜色。整个天空色彩混杂，像被人随意涂抹过一样，脏兮兮的。

　　即使是冬天，我还是最后一个离开冰冷的教室，是因为家里，依然没有温暖。

　　爸爸离开已经一年了，在我的脑海里，他的身影已模糊不清，我甚至已经想不起他憨憨的笑和扎人的胡子了。

　　妈妈从来不对我说爸爸离开的原因，每当我问起，她总是以爸爸工作忙来搪塞我，可我早已从邻居的闲言碎语中知道了什么，于是我再也没有过问。

　　脚尖不听话地拨弄路上的石子，望着周围行色匆匆的人与穿梭的车辆，忘记了自己是要回家。

　　来到分岔路口，家在左边，我却选择往右。

　　因为爸爸的离开，我们家一下子变得很困难，妈妈不得不同时兼好几份职。她每天在我上学前就出门，在我入睡后才回家，我与她已经好长时间没有面对面好好说说话了，我也没有再看见她的笑。

　　黑暗就像一块巨大的幕布罩住了天空，我却还在路上慢悠悠地闲逛。

68

走着走着，一个熟悉的身影映入眼帘——是妈妈。她正从一家超市里出来，手上还拿了个崭新的书包。那不正是我一直想要的吗？我多少次在那个橱窗边流连，却因为价格而一直没有对妈妈说。

妈妈穿着一件半旧不新的黑色外套，在人流中显得那么瘦小。我望着她的背影，直到她消失在人群中。

回到家，她已经做好了饭在等我。

我装作不知道，问她："你怎么提早下班了？"

"是啊。"她笑笑。昏黄的灯光映着她的脸，看上去满是疲惫。

我坐下，正准备吃饭。她忽然从身后拿出了那个书包，不好意思地笑笑，捋了捋额前的刘海，说："这是你爸爸买给你的。他是因为忙，才没空来看你，所以给你买了个书包，要你认真念书……"

我愣住了，胸中有细小的声响，像是坚冰破裂融化的声音。一滴泪悄悄滚落下来，落到嘴里，是甜的。

窗外树影摇曳，天边远得没有尽头。我知道，我很幸福，因为有那美丽的谎言。

（指导老师：王芬）

那年春，我把桃花切一斤

盐田高级中学高三（3）班　李钰瑶

前一阵子偶然看见孔子学院的消息，不过短短十年时间，各国便都有了它的身影，如同晚春的桃花，刚开了一朵，其他的便争先恐后地都开了。想到孔子，就自然而然地想到了那个时代。既无三国的凛冽，也无大唐的繁盛，却难掩风华，如同拂去灰尘的玉简，温润无声又光华流转，默默记下无数琐碎时光。

《诗经》在那个纷扰的时代带着难言的收敛和沉静，像一颗颗沙砾被洗磨成名贵珍珠，静静沉在水底，度过漫长岁月。有人将它们小心拾起，穿成一串，这便是《诗经》。所以，现在去读时，不得不赞一声"思无邪"。在其中 305 篇里，最喜欢的莫过于《桃夭》，每次看到，总觉得那些大片大片的桃花都从书页中蔓延开来，枝叶纠缠，明亮的颜色缓缓流淌，温暖到有些灼热，那一年桃花树下笑着的女子而今身着大红嫁衣、凤冠霞帔做你的新娘，黑色泥土地上散碎的鞭炮屑，真像是那年树下一地的花瓣。

桃之夭夭，灼灼其华，你在我寂静又冗长的岁月里，独自盛开了一树芳华。

以前读书，白居易有句诗，"人间四月芳菲尽，山寺桃花始盛开。"最初不觉如何，现在再见则惊觉，此句竟是如此妙不可言。桃花是早春的花，不似梅兰那般高洁、有傲骨，它在乡野间开得到处都是，有种风俗女子的香艳，但山寺中这枝晚开的桃花却带着难言的幽美，如同歌宴后的丽人褪去浓妆，惊鸿照影，美得淡定、心惊。

这样娇艳的桃花，怎么能甘心沉寂？

于是多少代人在江边苦苦吟哦：魂归来兮，魂归来兮哀江南，还得这枝桃花抖去尘埃，迎着料峭春风张扬怒放。

然后，世界亮了起来。

2004年6月15日，第一家孔子学院成立，随即中国文化的热潮席卷了全球，截至2014年9月，中国国家汉办已与全球123个国家合作开办了465所孔子学院和713个孔子课堂。

这枝晚春的桃花，漾开了春光，惊艳了世界。

在五千多年的时间里，我们走得跌跌撞撞，那一抹淡青色的思念绵延至今，我们把血肉融进铁水，铸成接天触地的图腾，于是源自血脉的骄傲代代传承。当图腾下的民族奋起时，盘桓在云端上空几千年的巨龙对着世界冷冷地睁开了眼睛，发出震撼无数灵魂的咆哮。

风把桃花打散，卷到不远的河面上，这条从未停下的河流自过去到现在，从中国向世界，和无数条河流交汇融合，激荡起伏，奔腾不息，而河水中央的桃花浮浮沉沉，依旧鲜艳明媚，温暖灼人。

桃花安静而热闹地开着，开在乡下，开在垄间，开在心上，开在书里。

合上书本，岁月静好，窗外桃花灼灼。

（指导老师：谭德华）

温暖的电梯

田东中学　李欣洁

六点半的闹钟如期响了，睁开蒙胧的双眼，窗外仍旧一片漆黑。脚试探性地伸出被子，立马又缩了回来，打了个冷战，温暖的被窝实在让人留恋。

"五分钟，再睡五分钟。"我对自己说。

等母亲把我从床上拎起来的时候，时间已经悲催地到了六点五十。

"我的妈呀，今天要再迟到，班主任大人非撕了我不可。"想到班主任声色俱厉的模样，我有点不寒而栗。

浮皮潦草地整理书包，洗脸，刷牙，穿衣，套袜，忙乱中衣服穿反了，袜子一只黑，一只白，胡乱地喝了几口牛奶，手抓一个馒头，穿鞋，反了，正过来，开门，关门，冲向电梯。

电梯刚好停在 25 楼，我猛喊一声："请等我一下！"

几乎是以光速冲进电梯，电梯里有一个熟悉的面孔，是隔壁的梁阿姨。

"别急，喘口气，等着你的。"梁阿姨说，面带微笑。

见我一脸疑惑，梁阿姨又说："听到你关门的声音了呀。"

一股暖流顿时涌上心头。现在是学生上学的高峰时段，运气不好的时候会等上五分钟。我猛舒了口气，这下应该不会迟到了。

电梯继续下行，停在 18 楼。一个奶奶，步履有些蹒跚。梁阿姨上前把奶奶扶进电梯，热心地说："哟，她大婶子，当心着点，这大冷天的出去这么早做啥子？"梁阿姨是东北人，说话带着东北味。原来奶奶想赶着菜场的早市买点便宜的菜。

电梯再次下行，停在了 12 楼，进来了好几个学生，个个背着沉重的书包，还有一个年轻阿姨牵着条沙皮狗，沙皮狗显然有些高龄了，气喘吁吁跟主人闹别扭，不肯进电梯，不愿出去遛弯。小阿姨有些歉意，对大伙说："对不起，大清早的，耽误大家时间了。"没有人表示反感，都纷纷说："没事，不在乎这一两分钟。"

老沙皮狗终于进了电梯，我看了看表，狂跑的话，应该不会迟到。

电梯有些挤了，在 10 楼，停了下来。一对父女，父亲推个自行车，显然要送女儿去上学，见有些挤，不好意思再进。梁阿姨连忙说："来，大家伙挤一挤，没事，挤挤还暖和，呵呵。"大家也纷纷说："就是，就是。"

电梯里加了辆自行车，几乎没有了空隙，但小小的电梯里，充满了温暖。

是的，这个冬天，也不太冷。

出了电梯，我怀着愉悦的心情，一路狂奔。

奔到教室，坐下，早读铃响了。

（指导老师：王芬）

我不相信眼泪

盐田高级中学海梦文学社　张　敏

我不相信眼泪，但我相信你眼中的晶莹。

眼泪不是绝对的悲伤，也不是绝对的喜悦。把它视作一滴水，让它缓缓融入滚滚的大江中，它便是一片海，是你眼中和你心中所能容纳的宽阔。

你以劳累和坚忍为宿命，身上布满艰辛和鞭痕，拖着铁犁，一步一步苦行。

对于一个普通的农村家庭而言，你是他们生存的依靠。所以，你生来不凡，从出生的那一刻起便被赋予了太多的期望，你把所有的期望都装进自己人生的行囊中，失去了轻装上阵去追寻理想的资格。你活得劳累却终不讨喜，时常犯错误让他们有了恨铁不成钢的想法。纵使自己过得并不开心，纵使想要成为更好的自己，可终究是被他人的期望所压迫。你只能不断地劳作来报答养育之恩，你没有时间、没有精力去思考自己的人生，你忘了自己心中原有的理想，忘了该如何走脚下的路。你迷茫且困惑，你害怕自己的失误会让他们再投来失望的眼神。你默默地吞咽了或喜或悲的往事。此刻，你站在大浪淘沙的江口，反刍时光的记忆，品出那迟来的泪。或许，你会悲愤，你会感伤，那娓娓道来的哀鸣和眼中无比真诚的晶莹都比不上博物馆中那无灵魂的展览品，不能被世人所理解，不能被世人所诵读，不能令世人感同身受。

眼泪，终究还是从你眼中落下。在枝叶上汇聚又分开，流经处留下的是新翠色与清晰的经脉。原来，枝叶懂你，花儿懂你，小草懂你。你，追随着这份希望，最终到达了水天相接的地方。

第一眼面对着广阔的天地，你只觉得眼前豁然被擦亮。原来世间竟有如此平静的事物，容纳自己心中的万丈巨浪后依旧波澜不惊。你惊叹造物主的神奇。

月光皎洁，树荫婆娑。你轻轻地低吟，犹如古老而恍惚的歌声。暮色深处升起的袅袅炊烟忧郁地舔着低垂的苍穹，山风吻着涛声，透过道道如同被岁月整饬过的木栅栏，你最后那声雄厚的鸣声被传得很高很远。

你就整整看了一宿的星空与大海。次日，你有了勇气特立独行，不疾不徐，将记忆自拔于困顿的泥沼，拥着一颗透明的心灵在烟波浩渺的苦旅中前行，用信念播撒每一寸光阴，照亮前方的路，你知道成功近在咫尺，它终究会来，所以你等。

我不相信眼泪，但我相信你眼中的晶莹。

（指导老师：石炳田）

余泊年倾城

不沏茶来不侍花。

——题记

立于人世，非淡泊无以明志，非淡酒无以复加。人行于各色匆匆，入得了尘，避不开俗。

每个人都是驻扎在尘世的种子，忘不掉过去，免不了未来。毕竟纷纷暮年，花有万岁荣枯，人有七情六欲。所能知晓的，便只有在水泥钢筋里探求出的一丝慰藉，聊以百态，始终成悟。

因有了思想，便成为俗世牢笼下的玩偶，念自己还能操纵本心，得此情切。

水泥森林，浮生若梦，多少人坎坎坷坷，迷失蝴蝶的心，在计较间迷走打转；又有多少人，选择清欢寡欲，寄居在山林。

山，可还是那山？

水，可还是那水？

事过境迁，难免苍凉，所属异地过往，许是往日今年，也不见得此情此景与当时无异。

十分冷淡存知己，一曲微茫度此生。

想必也偏执一词，吾本肆意漂泊小草，何处为家，处处为家，种子随风而过，扎根落地无季节变化。

念起旧诗来。

"兼葭苍苍，白露为霜。"若伴得一知己倒也不错，顺了心意，良宵奈何。

清欢清欢。

无处不欢。

酒、酒、酒，无金樽也以瓷青相代。

绿萝拂衣襟，青云湿诺言。未曾失意的人，比不上古时俯拾皆是的情。

他们悲了，他们欢了。他们惆怅，他们豪爽得一饮而尽。不是烈酒不是浓茶，寡淡的醉意最衬心中的景。

我们，咖啡代替不了茶，牛奶代替不了催情的酒。

一朝夕往，责任的束缚是灵魂的枷锁，毕竟身为人，知情理，明箴言。

不赏菊花，不闻茉香。趁微风不躁，踏青去寻找诗意。

我们在处处寻找遗失的那份悸动，所有的源头来自于"闲"，谁说闲人不清欢？

都叹自己忙中烦，毫无忧虑的语言，不带一丝功利的碑刻仿佛成了古人的专利，相比无聊之时所肆意挥洒的笔墨，究竟哪份才是复得而返的自然？

不知情，不妨琢字来。一袭青纱，一把摇扇，莫若身临其境之感。何不适时放下，寻找所谓的庄周梦蝶？

来，来，来，

梦一场。

喧嚣已不在，

那余下可叹的清欢。

游走在不经意间，
不似莲儿，不似花，
那余下可叹的欢。
不如啊，
不如吃茶去。

（指导老师：韩雪）

与其微信聊，不如边喝咖啡边聊

盐田高级中学高二（8）班　魏正娜

　　"天涯若比邻"，王勃的这句话实实在在地验证了今天科技发展的现状，在微信群里，一分钟我们可以交到一个朋友，一分钟我们也可以和一个朋友决裂，因为彼此在现实生活中几乎没有什么交集，所以只要把他删了，这段关系也就随之结束了，这是一种非常快捷的交友方式。事实上，不仅交友快捷，它还提高了沟通效率和工作效率，但在当今快速发展的时代里，我们真的需要这样一种快节奏的生活方式吗？

　　追溯到魏晋时期，竹林之下，七位贤士，肆意酣畅，或饮酒作诗，或弹琴赏月，或临壁题书，陶醉其中并怡然自乐。试想，如果当初嵇康和阮籍是在微信群里认识的，阮籍在主页上看到了嵇康所作的上半句诗，一时兴起，在后面补了下半句，一首千古佳句就此酿成，两人也应该相互钦佩，一见如故，从此惺惺相惜。可在科技发达的今天，上、下半句诗很容易在网上找到绝美的下联与之匹配，嵇康会因为阮籍的半首诗而对他刮目相待吗？恐怕在这之前早有无数的人"写"出这半首诗了吧，而阮籍又真的会相信这上半首诗是出自嵇康之手吗？我想不见得吧。假设猜测的一切都没有发生，嵇康和阮籍也真的成了好友，但他们的思想差异，性格的不同，加上两人又经常见不到，一旦一言不合，以嵇康的脾气只怕早把阮籍拉黑了，如果没有嵇康和阮籍，又怎会有和建安七子齐名的竹林七贤？又怎会有一段段万古流芳的佳话？由此可见，微信聊天并不见得是一种交友的绝佳方式，要想有一个至交好友，有一个真正和自己志同道合的人，我们还得边喝咖啡边聊。

再回到现在，人们花在手机、电脑上的时间，在生活时间中所占的比重越来越大，越来越多的人离不开手机、电脑，大部分人离开了它们就不知道自己接下来该做什么，于是越来越多的低头族出现了。人始终是比机械聪明的，因为是我们发明了它们，可现在它们却在逐渐地改变我们，甚至开始操纵我们，因为有了手机和电脑，有了QQ和微信，我们空闲的时间得以打发，所以没有了一生只写一部书的司马迁，没有了一生只采草药的李时珍，也没有了一生只走一条路的徐霞客……当然我们也许不必像这些伟人一样争分夺秒地工作、学习，一定要创下不朽的万世功勋，但我们确实需要在网络世界中平衡自己，分清什么是工作时间，什么是生活时间，让网络成为我们的朋友，而不是我们的"统治者"。

看庭前花开花落，望天上云卷云舒。科技发展快，学习快，工作快，一切都讲究效率，但在生活中，我们必须学会慢下来，用心去感受一棵草的萌芽，一缕风的呢喃，一朵花的芬芳。与其在虚拟的世界中疲累地挣扎，不如回到现实生活中，体会慢半拍的幸福满足。生活，与其微信聊，不如边喝咖啡边聊。

（指导老师：万小亚）

致逝去的青春

盐田高级中学高三（5）班　李淑薇

不得不看被折断了梦想的翅膀，不得不收回曾经说过的话语，也曾问自己，你纯真的眼睛哪儿去了？不得不打开保护你的降落伞，突然间明白未来的路并不平坦，难道说这改变是必然？

——题记

季节的更替改变了世界的颜色和生命的轨迹，更预示着岁月的无情。面对满目的苍翠消失在春风里，我多想把我酝酿已久的情绪渲染成一派悲壮的气氛，萦绕在每个人的心底。回首过去，岸后是无法忘却的回忆，岸前是值得憧憬的未来。看庭前花开花落，望天上云卷云舒。眼眸下，一切黯然离去，化为淡淡剪影，在清风中扑朔迷离。

童年的旋律是美好的、悠扬的。面对每一曲童谣，我总能从中寻到心底跳动的音符，聆听出对亲情的感动、对友情的挚爱，那节节跳动的节拍，总在耳边回响，不知何时它们已编织成一首歌，在记忆中写下旋律，但如今，无论是贝多芬的交响曲，还是莫扎特的古典乐，都无法引起我的共鸣。童律隐藏在记忆中，渐渐地消失了，但心的跳动，依旧无法忘怀。

童年的纯真，是我们回不去的渴望。如今，面对繁重的学业，那份纯真无形中变成了压力，像催化剂一样催促我们前进。时光如水，泛泛而过，我多么想回去再次体验，但那些天真无邪却在幼小的心灵里画上句号。也许，在皎洁的月光下，曾有那么一丝感觉，但突如其来的清风再次打乱了我的思绪。

于是，我开始步入青春之年。历经多姿多彩的三年初中生活后，在那个灿烂的九月，我们相遇相知；在那个灿烂的九月，我们在学习中一争高低；在那个灿烂的八月，我们品尝了高三的辛酸苦涩。不再拥有无忧无虑的快乐时光，每天都在公理公式中徘徊，每天都有堆积如山的作业，每天早早地起床、洗漱，然后行色匆匆地挤进人群中，开始一成不变的新一天。现在的我，已没有独特视角，那千篇一律的生活节奏像是一把枷锁牢牢地架着、束缚着我。没有无忧快乐的心，取而代之的是一颗布满伤痕却包裹着坚强外衣的心，可是在剩下两个月的时间里，青春不能停留，在这样拼搏的流年里，我们没有资格放弃，我们是高三学子，我们的时光，不能挥霍，所以，我们每天都在践行自己高考冲刺一百天的青春誓言，每天都谨记"天行健，君子以自强不息；地势坤，君子以厚德载物"的名言。风浪再大也会勇往直前，我们坚信，待到栀子花开的淡淡清香洋溢满园之时，我们会用汗水浇灌出绽放的花朵。

也许，高考以后我们才懂，高考不是终点，其实是新的起点，纯真的友情，即使毕业后不联系，依然刻骨铭心，有很多事情我们真的无能为力。也许，高考以后我们才懂，高中生涯很难忘，我很爱我们的五班。

往事如烟，童年再美，已成追忆。憧憬却可望可即，所以我不再在回忆中沉湎，我要在憧憬中开创。即使青春慢慢逝去，它也能为我翻开新的篇章，驱散料峭的寒风，送来温暖的气息，我的心情也随着春天的到来而舒畅，演绎春天的方式扣人心弦。

（指导老师：鄢秀锦）

感受井冈山

盐田高级中学高二（8）班　曾剑萍

时间回到 2014 年 10 月 25 日下午 6 点，黄昏的广场上，我们提着沉重的行李箱，带着些许好奇和一丝期待坐上了通往目的地的列车。

茨坪，井冈山——我们来了。

一路的奔波，火车上的夜晚，显得如此不宁静。睡意还未散去，我们已伫立在寒风凛冽的候车场上，开始了未知的旅途。

镜头一：英雄史诗

踏着历史的阶梯，我们走进了神圣的殿堂——烈士陵园。行走在红军路上，仰望 200 多位英灵的石碑。我闻到了浓浓的革命气息，触摸着英雄的字迹，看着他们使用过的已经陈旧腐烂的器具，我心里有震惊，有心酸，但更多的，是敬仰。

闭上眼，仿佛一切依旧在昨天。我看见了！是谁在那昏暗微弱的烛光中，写下"星星之火，可以燎原"？他深邃的眼神里，是希望。我看见了！是谁在烈日炎炎的山坡上，用镰刀"割下"胜利的果实？他炽热的目光里，是执着。我看见了！是谁在炮火连天的战场上，奋不顾身地挡下了敌人迎面飞来的炮火？他坚定的目光里，是不屈。

睁开眼，站在空旷的碑堂前，我深深地低下了自己的头，灵魂永存，英雄，走好！

镜头二：乡间小道

回到乡村，拥抱自然，回归最开始的地方。一切都是如此平淡美好。院子里，公鸡鸣叫预示着一天的结束，夕阳西下，老人喂食着野鸡，空气中饭菜的香味，早已萦绕着整个小山庄。自己动手，丰衣足食，人类最原始的劳动力，亦是人类最单纯的开始，在这里我们尽情挥洒着劳动的汗水。

晚饭过后，踏着月光，我漫步在夏夜的乡间小道上。村庄里响起奇妙的蛙声，草丛中时而泛出点点荧光。宁静、朴实、和谐围绕着这座平凡美好的村庄。乡村外，是车来车往、红灯酒绿的五彩世界，令人眼花缭乱，禁锢住了我们早已疲惫不堪的心灵。唯有这里，沉睡的心灵才被刚刚唤醒。

走过一个季节，穿过一座城市，光阴在不经意间留下许多闪烁的过往。既然有开始，便会有结束，这次的旅行，我有的不仅是回忆，更多的是精神上的感受。这些崇高美好的精神将会一直伴随我，在最寒冷的日子里给予我一丝温暖。我们是人生道路上的旅行者，亦是追梦者。

回到深圳，我背上背包，再次踏上我的追梦之路，且歌且行。

（指导老师；宁家瑞）

红色的井冈山

盐田高级中学高二（1）班　陈嘉敏

回到了深圳，感觉一切都被掏空了一样，一下子适应不过来。我得知要去井冈山时不以为然，现在却对它无限回味。翻翻在井冈山拍的照片，在那儿发生的所有事情，就好像是昨天一般，成为我人生中一段珍贵的经历。

从小就听爷爷说红色井冈山，还有当年惊天动地的革命故事，可那时候的我，年少懵懂，对爷爷的话，也不以为意。认为不就是过去的事吗，有什么好提的。

坐了很久的火车我们终于到了，在经过短暂的休息后，我们就正式开始了井冈山之旅。首先，导游带我们参观了黄洋界。当年炮声轰轰、鼓角震天的黄洋界今日已不再硝烟弥漫，而是静静地躺在那里，任凭后人感受那烽火战场之后的宁静与安详，历史会证明它存在的价值。我开始对这块土地有了崇敬之意。

"醉卧沙场君莫笑，古来征战几人回。"是啊，就在明知可能一去不复返的情况下，红军毅然决定长征，转移阵地，让我敬佩，我决定重走当年红军走过的路，体验那铁骨铮铮的英雄气概。走完那一个多小时的路程，虽然没有当年红军长征般艰辛，但一个小时下来也都气喘吁吁了，终于我们到达了领袖峰。毛主席的雕塑耸立在那里，高傲地直视前方，目光里满是不屈、坚忍。到达目的地的我，丢掉了一路上的艰辛，现在的我，不只是为了看那名山大川，不只是为了那红色景观的招牌，而是在那巍巍山冈上，在陡峭的沿途路径和葱葱的绿林中的腥风血雨战场上那生生不息的民族精魂！

接下来我们参观的是红军医院，导游给我们讲述当年的故事，还有红军医院的建立。我感慨，现在的好日子真是来之不易啊！

在经过一个晚上的养精蓄锐后，我们开始了第二天的行程。几分钟的车程后，我们到了烈士陵园。首先，学校组织我们拍大合照，代表着和当年烈士作战一样团结一心为共同的目标而奋斗。接下来，我们庄严地给在那场战火中牺牲的烈士敬上花圈。109级台阶，伴着悲壮而振奋的音乐，我们怀着无比沉重的心情，迈上那坚硬冰冷的台阶。此时的天空，唯东边的地平线上方挂起丈余高的厚厚云雾，我的心情也笼罩了一层阴霾。此时微风吹过，落叶扬扬洒洒，伴着音乐起舞，随后又以傲人的身姿缓缓落下，不染一丝尘埃。此刻我的脑海，像播放器一样闪过我想象的画面，"角声满天秋色里，塞上燕脂凝夜紫"，阴风阵阵，黄沙卷起烧焦的旗帜，在漫漫的沙石里，军人们奋起向前，不怕困难，振威的怒吼仿佛就在耳畔，惹得我不禁流下清泪两行。

我充满了对这片土地的敬仰。我想，我一定要像红军战士那样，面对困难不放弃，不断向前，闪耀着属于自己的不朽光辉。

阳光透过树林，洒在每个人身上。"峰回路转不见君，雪上空留马行处。"我登上了心灵的巅峰，就在当年伟人手指的方向，饱览那名山大川。我想，此行没有遗憾了，因为我走过当年红军走过的崎岖山路，到过当年硝烟弥漫的拼死沙场，悲痛于鲜血浸染的惨状，遥想革命领导者指点江山的傲然风范，挖开深埋井冈山深处多年的不羁信念。

秋天已过一半，伴着枫叶的落下，满地红叶，我走进了红色的井冈山，体会到了星星之火终成燎原之势的熊熊热情，领悟到了红军长征的艰辛不易，见到了儿时爷爷口中的那座屹立不倒的英雄山。

再见了，红色的井冈山。这一趟不虚此行，总有一天，我一定会再回来的。

（指导老师：穆琳）

红色摇篮，革命圣地

——井冈山游记

盐田高级中学高二（10）班　李婷婷

随着列车进站的鸣声，我们疲惫地醒来，睡眼惺忪。凌晨时分，初来乍到，只见站台建筑上"井冈山"三个大字。漫天星辰，万籁俱寂。

就这样，满载兴奋跟着身着红军服装的导游一同上了车。渐渐，晨光破晓，道路两旁影影绰绰的风景越来越明快。使我惊诧的是，这个到处写着"红色摇篮""星火燎原"的地方，竟放眼满绿，千百种绿深浅交错与云雾配合着形成了美妙的层峦叠嶂。

革命烈士陵园，坐落于两片葱郁的树林中，十分幽静。我们怀着无比敬意，为革命烈士献花圈、鞠躬、默哀。这一刻，深深地体会到了"当今美好的生活是先辈们用鲜血换来的"一句话的分量；体会到了革命斗争中壮烈牺牲的烈士们那种光辉业绩与无私奉献的精神。

来了井冈山，自然要品尝当年英勇无敌的红军战士们的粮食，最少不了的还是"红米饭，南瓜汤"。也不知是旅程太累，还是饭菜太香，用风卷残云来形容绝对恰当不过。

伴随着一路的惊呼，沿盘山公路盘旋而上，驱往我慕名已久的黄洋界，寻访革命前辈战斗的遗迹。赞叹的是这气象万千，林海云海一处；惊呼的是这峭壁千仞，山路蜿蜒崎岖。难怪毛主席曾经感慨："过了黄洋界, 险处不需看。"路两旁簇拥着成片的竹林, 只听闻当年百姓们就是用这些竹子, 替黄洋界大捷立下功劳, 也难怪谓之井冈山之魂。如今站在这昔日地势险要、防守森严的黄洋界哨口, 再不见士兵们前赴后继的身影, 也听不见震耳的呐喊声, 但在我身旁的炮台和身后屹立的纪念碑, 仿佛默默地讲述着几十年前军民齐心协力, 以不足一个营的兵力击溃敌军两个团的佳话。

沿着山路, 黄洋界从我们的视线中逐渐消失。随车来到了一栋三层的黑色屋子, 若不是导游介绍, 根本看不出这是一所医院。可想, 当时的医疗环境是多么地恶劣。在这里我们看到了当年用木板凳搭出来的手术台, 村民们用竹子制作的药勺和镊子, 用来固定伤员手术的麻醉石, 尽管那般简陋, 也敌不过革命斗士的昂扬, 敌不过无私的红色精神。

最后, 我们来到庄严权威的井冈山革命博物馆, 这里系统、全面地记录了中国工农革命军 1927 年 7 月至 1930 年的整个发展过程。我们一步一步走着, 目睹着一块默默无闻的土地如何成为中国革命历史上的伟大的革命根据地。这里, 我们再次体会到红色土地的力量, 那是先辈们用鲜血染红的土地。此刻, 我们步伐不禁放慢, 走得更为沉重, 不愿放过博物馆里的每处细节。

我们既看到了革命斗争的腥风血雨, 又看到了革命根据地建设的欣欣向荣。历史长河中的短短两年零四个月, 毛泽东在井冈山把马克思主义普遍真理同中国革命的具体实践相结合所开辟的中国革命道路, 却续写了跨世纪的辉煌。

与三山五岳相比, 井冈山的海拔不过千余米, 不算巍峨, 却吸引着五湖四海的人慕名而来。是什么力量使一代又一代中国人从胜利走向更大的胜利? 是井冈山精神。

（指导老师：宁家瑞）

井冈山是她的摇篮

盐田高级中学高二（5）班　王子奇

　　井冈山地处湘赣边界的罗霄山脉中段，起伏的地形使井冈山处在盆地中，从山上看就像是在一个巨大的摇篮里面栖息着。

　　茨坪就在这里，听农户说，以前这里是一大片柿子林，柿子又大又甜，称作柿坪，由于当地人称"柿"为"茨"，于是便改名为"茨坪"。从山上俯瞰着茨坪小镇，便仿佛有一层薄雾缭绕，有时像平静的大海，有时又像奔涌的暗流。导游唱的红军歌和这缥缥缈缈的环境，让我依稀看见一个身着民国服饰的女子。

　　她穿着蓝色的袄，黑色的罗裙，小跑着，叫我快点跟上。我们到了黄洋界，这里地势宏伟险峻，举目远眺，群山起伏，云雾缭绕，与现在的钢筋水泥完全不一样，令我不禁欢喜地为这美景鼓掌，她却拉着我奔跑，在哨口处趴下，面前的红军，拿着枪，表情严肃地对前方射击，枪声弥漫在整个山野。

　　她又带着我跑起来，我们跑到一条非常隐秘的小路——那是红军走过的路，这里有一大片竹林，葱郁茂盛，挡住了外面的光。前面的八路军整齐地快速跑着。她也一路小跑跟着，看着那一甩一甩的麻花辫，我笑了起来。

　　我们到了烈士陵园，她的鞋子早就在奔跑中不知甩去哪里了，小脚沾着泥土，稳稳地走着 109 级的台阶，一步一步，小小的身子带着巨大的悲恸。我仿佛看到，那些已逝去的烈士，正扶着喘着气、一身泥泞的她一点点地向上，她咬破自己的手指，用血在墙上用力地抹上"革命"二字。

我仿佛看到她坚强的背影，还有那些烈士、无数革命者身上，不屈的灵魂。

我跟着她，她跟跟跄跄地到了博物馆，那里有着几代人的精神，她一边走着，一边哭着，朱德、毛泽东、袁文才……他们的物件，被她一件件轻轻拂过。她的脸贴在玻璃的罩子上，仿佛温暖了冰冷的场馆。她轻轻地啜泣，悼念，手轻轻发抖。

那里凝结着毛泽东精神，凝结着红军精神，凝结着永不言弃的井冈山精神。这精神，就像是一盏灯，照亮了在黑暗中她向前的路。她转过头，沧桑地朝我微微一笑。

革命成功了，井冈山是她人生的转折点，是她最光荣的回忆。

她曾经——太平盛世，所向披靡，国强民富，文化昌盛。

她曾经——闭关锁国，四分五裂，内外忧患，屡遭欺凌。

她是老者，是世界文明的发源地之一，当今世界持续时间最长的古文明。也是在人类历史上，少数几个独立创建文字体系的文明之一。

她亦是幼者，1949 年 10 月 1 日新中国成立至今，仅 65 年。

她有缺点，弱点，弊病，狼藉。

但请不要忘记，她是从王位跌下后，带着泥泞，擦干泪水，一路走到今天的。

她从井冈山的摇篮里苏醒，没有像毛泽东这样无数坚强吃苦的革命者的汗水和血泪，没有中华儿女的拼搏与捍卫。她也许，就会随风而逝。

她先走出博物馆，远处钟声响起，伴着国歌深沉凝重的曲调。我跟在后面，当我出来时，便感觉我仿佛到了联合国的后台。一个女子，身着体面的西装，蓝色的衬衫与那件袄无异，我跑过去握住女人轻轻颤抖的手，笑着对女子说："加油。"

她的崛起需要时间，她的强大需要积累，她的昌盛需要支持。

"加油，一切都会变好的。"

"谢谢！"

背景传来广播的声音："下面，请听下一个国家发言。"

我看到她的背影真实又坚强，坚定有力的声音从台上传到我的耳朵里，让我的热血滚烫起来，仿佛听到无数中华儿女的欢呼雀跃。

"大家好，我是中国。"

（指导老师：胡保卫）

星火照亮我心

盐田高级中学高二（5）班　赵小清

　　井冈山，一个革命圣地，向我们证实了"星星之火，可以燎原"。想到当时有那么多可敬的战士英勇地抗击着敌人，不畏艰险，艰苦奋斗，在物质贫乏的条件下，依旧坚定着自己的信念，还有井冈山那些勤劳朴实的人们，那些"美味"的故事，这一切，就像星火，虽然只有微光，但却照亮和温暖了我整个心房。

星火之革命精神

　　在不是很高的山上，树却是那样地挺拔雄伟，笔直、干脆有力地生长着，如同一个个昂首挺胸、宁死不屈的红军战士。在小井红军医院旁边，留下了感人至深的历史。当受伤的红军战士们还在接受治疗，这时，敌人入侵，逼迫他们说出军事情报，可那一百多位身负重伤的红军战士们最终都没有说出，在那深幽的山中，在那片不大的田地上，他们就那样忠义报国了，淋淋鲜血染红了河流。简陋不堪的物质条件下，他们却有着比黄金还金贵的精神。艰苦的环境，他们谁也没有放弃和退缩，共同为了明天美好的生活而奋斗着。他们那种"不畏艰险，坚定信念，艰苦奋斗，永不放弃"的精神深深地打动了我。现在我们幸福的生活来之不易，然而，我们是多么不知足！我似乎才真正感受到了什么是吃苦。我们更应该珍惜拥有的一切，同时，在人生前进的道路上，也要有红军那股精神。

星火之麻花故事

一切事物，有苦，但也总有甜的时候。硝烟弥漫的井冈山，一场对毛泽东非常重要的战役之后，大获全胜的红军资源匮乏，贺子珍带着战士上山去挖葛根，磨成葛根粉做成香甜可口的麻花，以此庆祝胜利。葛根麻花甜而不腻，酥香满口，承载那些艰苦日子的丝丝喜悦与慰藉，仿佛可以让人回味胜利与光明的甜美。

星火之"人生不易"

住在井冈山农家，我认识了一个人：瘦小的身子，纯朴沧桑的面庞，五十岁左右，儿子在外地打工，当我问起她的家庭时，她的眼圈红了，丈夫多年前出事故去世，儿子没上多少学就在外打工，她也只能孤身守着房子，做点小生意维持生计，她就是这户农家的房主。尽管生活无尽辛酸，她却能够以最真诚愉快的灿烂笑容面对我们，面对生活。这种乐观、积极向上的精神令人敬佩。人生苦旅，也许艰辛，生命虽然可能会悲惨，但如果拥有着充满正能量对待生命的态度，人生的价值也在某种程度上得以升华。那些有着美好精神的人就像星火，照耀我心。

　　这次旅行让我成长了，这一切，就像星星之火，燃烧着每个青春活力的心灵，在生命中，发光，发热。让灵魂与英烈们对话，让高尚在山间回荡……

　　星火照我心，不虚井冈行！

（指导老师：胡保卫）

行走在革命的历史中

盐田高级中学高二（8）班　林多多

　　暂时逃离了浮躁喧闹的城市，给心灵放了个宁静的假期。我们经过十几个小时的旅程，终于来到了革命圣地——井冈山。迷迷糊糊中，一杯凉水下肚，不由地倒吸一口凉气，但这抵挡不住内心似火的热情。原来我真的不是在做梦，我已经到了。

　　四面山峦环抱，林木葱葱，峰回路转，依山迭起的现代建筑被裹覆于挺拔的杉松、槐、枫、竹等绿荫之中，优美典雅，点缀这座小城别样的风姿。大巴一路颠簸，车窗外，高高低低，白屋青瓦，整整齐齐地排列着，似乎在列队欢迎我们这一群外来访客，当年抗战的毛泽东说，"不定就在哪一家度过抗战的夜晚呢"。天刚蒙蒙亮，清晨的太阳就像点在远处天边的一颗朱砂痣，远处连绵起伏的群山实在是雄伟。

　　一阵微风，吹来了革命者的气息。

　　跟随着队伍的节奏来到了烈士陵园，早就听闻过烈士陵园，更想一睹它的风采。经过庄严的花圈祭奠仪式，脚步变得越来越重，我深刻地认识到脚下的每一条路都是这些英雄牺牲自己为我们铺就的。烈士陵园的展台是他们壮烈一生的真实写照，那里陈列着他们的伟绩，是他们用坚挺的脊梁扛起历史的重任，是他们用充满老茧的双手挑起革命的重担……这里的一草一木，至今还存留着他们的痕迹：痕迹是花草的坚忍不拔，痕迹是绿树的自强不息，痕迹是翠竹的顶天立地，这里的一切都是那场革命的见证者。

这里处处闪耀着革命的光芒，印着红色的足迹。

带着更加激动的心情我们来到了大井。大井有两棵神奇的常青树，一棵学名是南方红豆杉，另一棵是椤木石楠。这两棵树非常有灵性，因为它们和毛泽东、中华人民共和国的命运一样，有着一段不平凡而神奇的经历……井冈山斗争期间，毛主席在白屋住时，经常在两棵树下读书纳凉、给群众讲革命道理、指导战士训练等。在烈日炎炎的时候，两棵树总是浓荫密布，不让毛主席热着。1929 年 2 月，毛主席率红四军转战赣南，敌人窜到大井村将白屋烧了个精光，两棵树也被烧焦了，但这树的根并没有死。1949 年，毛主席领导革命取得了成功，两棵树也奇迹般地活过来了，枝繁叶茂，浓荫盖地。1965 年 5 月，毛主席重上井冈山，两棵树第一次开出了如银、如雪的白花欢迎毛主席。1976 年 9 月 9 日毛主席逝世，两棵树好像悲痛欲绝，凋谢枯萎了。1978 年，当改革开放的春风吹遍祖国大地，两棵树又奇迹般地活了并郁郁葱葱、枝繁叶茂。如今望着这两棵树，肃然起敬。

游完大井村，我们来到了黄洋界哨口。

高高低低的灌木丛，苍翠挺拔的绿树，站在山的边缘往下看，烟雾缭绕，仿佛置身于浓雾之中，远处的山早已模糊，只有一丁点儿的轮廓若隐若现。那一瞬间，感觉自己来到了世外桃源，闭上眼，尽情享受，直到导游的一席介绍才把我从梦境拉回，"当初，这里只有五条小路，红军们……"脚下踏着的，说不定是哪一位英勇的红军匍匐过的一块土地呢。

黄洋界哨口的迫击炮依然屹立于此，仿佛要誓死保卫这个山灵水秀的地方，那炮口一直朝向天空，很远很远，瞄准目标，射击！远处，早已传来胜利的号角……

回眸战争年代，战火依旧在燃烧，硝烟依旧在飘扬，鲜血依旧在流淌，英灵依旧在保卫这片神圣的土地；我看见了国民党反动派曾经那样地狂暴肆虐；那一把把闪亮的刺刀曾刺向我们的父老乡亲。当我踏上这块红土地，历史的印记不断浮现，我们要铭记历史，用顽强拼搏的红军精神点缀未来的峥嵘岁月。

　　远处，我好像看到一个民族、一个国家越来越强大、富裕，它正挥舞着胜利的旗帜。

　　整装待发，继续前进。

（指导老师：宁家瑞）

枯　叶

田东中学初二（3）班　陈晓芬

　　秋风吹，秋雨下，树上的叶子渐渐飘落，而我也是树枝上一片已经发黄即将飘落的枯叶。我无奈。

　　可我不屑于与其他落叶一样，平凡地落在大地上，"似花还似非花，也无人惜从教坠。"我不愿只做一片无人问津的落叶。我无奈。

　　我没有荷花"出淤泥而不染"的纯洁，我也没有翠竹"咬定青山不放松"的高昂，我更没有梅花"凌寒独自开"的坚贞，我似乎什么都没有。我无奈。

　　"自古逢秋悲寂寥"似乎成了我的代名词，因为我的飘落就意味着秋天的来临。"抛家傍路，思量却是，无情有思"就是我的真实写照。我无奈。

　　其实，我希望自己像荷花一般，在炎炎夏日，从清澈的碧波里探出脑袋，享受阳光的沐浴，感受大自然的洗礼，让别人也有"映日荷花别样红"的感觉。

　　我也希望自己像翠竹一般，生长在高高的山冈上。无论是处在多么不利的环境下，我也可以"任尔东西南北风"，不畏逆境，勇敢向上，也让别人对我产生崇敬之情。

　　我也希望自己像梅花一般，当所有花都凋谢时，只有我冒着严寒，绽放在寒冷的冬季。哪怕时间再短，哪怕没有人看到，我也愿意。我只是想"不要人夸颜色好，只留清气满乾坤"。

柳永说得好，"多情自古伤离别，更那堪，冷落清秋节"！是的，我就是这样的一个例子，原本要离开树枝已经很悲伤了，更何况还要在这个冷清、悲凉的季节里。

虽然，现在一切的一切我都改变不了，我还是一片即将凋零的枯叶，但是，我希望我飘下后来临的不再是秋季，不再给人带来冷清、悲凉，而是像纯洁的荷花，高昂的翠竹，或坚贞的梅花，充满生机、希望与梦想。

其实我的生命也是美丽的。我没有荷花般的纯洁，可是我有对生命的爱惜；我没有翠竹的高昂，可是我有对生命无限的热情；我没有梅花的坚贞，可是我有对生命不屈的坚定。

其实，每一个生命都代表一个希望，每一个生命都是美丽的，现在我能做的就是，在我即将消逝的时光里，活出最美丽的自己，挥洒出美丽的光辉，去照耀其他的生命。我无须再无奈！

（指导老师：朱润辉）

又见桂花开

桂花又开了，醉人的香气氤氲在整个院子里，闻得人都飘飘然了。我搬了把椅子到院子里，在阳光温暖的抚摸下沉入了幸福的遐想里。

爸爸妈妈，桂花又开了呢，你们要回来了吗？

我家在农村，为了维持生计，爸爸妈妈在我很小的时候就外出打工了。听奶奶说，我一向很听话，但就在爸爸妈妈出门的时候，我死死地抱着爸爸的大腿，号啕大哭。一向疼我的爸爸也生气了，抄起一根藤条就是一顿打。最后还是妈妈夺下了爸爸手中的藤条，抱着我泪如雨下。

只是我的哭喊还是没能留下他们，爸爸妈妈还是坐上了开往异乡的大巴。这一去，很久不回来，只有每月按时的汇款单告诉我他们还平安。

就这样，我与奶奶相依为命，度过了十个年头。我是多么想他们啊！每当我取得好成绩的时候，每当学校开家长会的时候，我都会情不自禁地想到他们，我多么希望他们就在我身边，分享我的喜悦，喜气洋洋地站在家长会上，接受来自老师的表扬啊！

七岁那年，我学会了写信。我的第一封信，是寄给爸妈的。我写下了我的思念，我告诉他们我几乎已忘记他们的样子，我还寄去了我的第一幅画，画上一个女孩开心地牵着父母的手，那是我的梦，可望而不可即的梦。

一个月后，我收到了回信。信里夹着一张爸妈的合影，还有一粒小小的种子。信是妈妈写的，她让我坚强，学会照顾奶奶，她还说给我寄来了一粒桂花的种子，等桂花长大了，开了再开的时候，他们就回来了。

这是一粒梦想的种子！我小心翼翼地将它种在了院子里。我多希望它能在一夜之间长大开花，将爸爸妈妈带回家来。

种子好像读懂了我的期待，在我的精心呵护下，它长得很快。去年桂花开过一回了，今年是它第二次开，我又见到了桂花开。是爸爸妈妈要回来了吗？

"铃铃铃……"清脆的铃声将我唤回了现实。是爸爸妈妈！我猛地从椅子上跳起来，飞奔进了屋内。"喂？"电话那头传来了熟悉的声音，是妈妈！我的手几乎连电话筒都握不住了，我的大脑在飞快地运转，有许多话哽在我的喉头。

"妞妞，是你吗？爸妈最近活儿太紧，我们这次就不回来了。"

我的心一下子凉了。为什么？

"可是妈妈……桂花又开了……"

"我知道，可是你要知道我们也是为了你好啊。"

我还能说什么呢？妈妈把电话挂了，我呆呆地站着，手里握着冰凉的电话筒。奶奶进来了，她看见我握着电话筒，大声问我是不是爸妈来电话了，我慢慢地摇了摇头，却再也忍不住滚烫的泪水。

朦胧中我望向窗外，院子里的桂花好像铺成了一条金色的路，一条阳光一般温暖灿烂的路。路的那头是冲我招手的爸妈，他们笑着："妞妞，桂花又开了，我们回来了。"

（指导老师：王芬）

在路上

田东中学初三（11）班　张佳娜

　　月光如流水一般，温暖地泻在这条小路上。蓊蓊郁郁的树丛摇曳着，投影在小路上的痕迹若隐若现，好似笼着轻纱的梦。月光透过树丛射在湖边的沿道上，落下了灌木参差的黑影，峭凄凄如鬼一般。望着凝碧的波痕，不禁若有所思。

　　好久好久了，心中沉淀的渴望总是耐人寻味。这一路上，有好多的分支，如青青的薄雾一丝丝地铺展开来，无形之中充实了这寂寞的路。

　　成长路上，本非一帆风顺，总会有一些跌跌宕宕，碰碰撞撞。苦了，我们少了些许安慰；跌了，没有人将我们扶起。失望的时候，我们只得背过身将眼泪抹去。即使呻吟着难忍疼痛时，我们也只能掩饰着丑陋的伤疤，执着地跨出一步又一步。油菜花沐浴着太阳的光辉。这一路上，因有我们的坚强而显得格外温暖。

　　成长之路就像是人生的舞台。在这个舞台上我们演绎着不同的角色。也许我们是神通广大的孙悟空，也许我们只是渲染氛围的小草，即使是这样，我们也在这个舞台上展现了别样的丰采，即使面对再多的不屑也不曾动摇。

　　求学路上，我们需要镇静。虽然经过如此漫长的岁月，但这仅仅跨出开始的一小步。迷途之时，我们困惑于世界，悲哀于不遇。我们在众多的期望与不屑之下积起压力的包裹，无奈于此，我们更多只能默默地接受这一切，然后为了不负众望，为了减轻这沉重的包裹，我们只得加倍地努力。这里，没有商量的余地。这一路上，我们有我们的坚持，虽然这并不会得到许多人的赞同；这一路上，我们需要理解，然而，志同道合的人少之又少。我们需要沉思，需要镇静，需要好好安抚我们的心灵。坚持自己，这一路上，我们需要见证。

在路上，累的时候，停下来休息一下。在冬天，默念着春暖花开。凝神细思，我们的生命是以青春活力的形式而存在着的。

思索着过去，思索着前行。我们或许只是人海中的一点，或许只是沙漠中的一粒，但我们仍然在夏至时分，微叹夏日之暑气。不顾汗水的挥洒，也不会停住追寻的脚步。秋高气爽之际，默数着岁月。曾几何时，我们就像饱受海浪拍打的岩石，因坚持而更加完美。我们注定要为生命而活，注定为时间奋斗，也为生活所沉静。在歇息之际，带着梅冬的严寒，冰有冰的时节，我们也有我们的坚持。漫步在轮回的四季，又迈进了春意盎然，回荡着四季的气息，我释然了。

或许会面朝大海，感受着海岸线的沉重，感慨着大自然的力量。一深一浅地漫步在湖边缘，偶尔清风吹拂，路旁的风景是多么动人。

坚持是前进的基础，沉思是镇静以及静静地思考，是生活的奥秘。愿我带着坚持和沉思，享受这一路上的每一刻。

（指导老师：涂海燕）

最后的微笑

田东中学初三（11）班　贾喆文

叶子的微笑

离秋天越来越近。

我也越来越害怕。

看着自己的身体由春的稚嫩，到夏的成熟，渐渐到了秋的萧瑟。那如阳光般温暖灿烂的颜色竟会让我觉得那么寒冷，无力。

同伴们一个接着一个飘落。"一群懦夫。"我冷笑。

我拼命地抓住枝条，但是没有了夏日那有力的臂膀，我只好无助地哭泣。

一只不知名的小鸟飞过，问，"你为什么哭"？

"因为我快死了。"

小鸟听了，笑着说："不，你并不会死，你只是为了明年春天储备力量。就像我，离开了最初的家园，到遥远的南方，只是为了明年的春天准备更多的生机。"

说完，小鸟骄傲地抖抖翅膀，向南飞去。

我猛然醒悟！

我松开手，带着微笑，扑向大地的怀抱。

落红不是无情物，化作春泥更护花。

蜡烛的微笑

一滴，又一滴……

我用力挥洒着汗水。

看着正在桌上奋笔疾书的小男孩，又看看贴满墙壁的奖状，我很欣慰。

小男孩的家很穷，用不起电，其实，这里根本就没有电。所以，一到晚上，我就发挥了作用。

这时，小男孩停下笔，揉了揉酸涩的眼睛。我突然觉得很愧疚——我还不够明亮！于是我用力地舞动着我的身姿，企图散发更多的光明。

小男孩看着我，笑了笑，拿起笔继续学习。

时间一点点过去。

我一点点走向尽头，但是我不怕！

终于，我快死了，死在我的汗水中。小男孩起身去拿另一支蜡烛。我笑了，希望他能使小男孩得到更多的奖状。

春蚕到死丝方尽，蜡炬成灰泪始干。

飞蛾的微笑

黑暗，寒冷，孤独，像一张巨大的网，紧紧地裹住我。

阴冷和昏暗，使我近乎窒息。

我拼命地向前飞，试图挣脱束缚。

哪怕只有一点点的光啊！

我一路跌跌撞撞，终于在前方看到了一团光明。

我不知道那是什么，但我知道，那是我渴望已久的光！

她跳跃的舞姿吸引了我，她很温暖，笑着对我说："来吧，我们一起跳舞吧！"

我想，我是爱上她了，我爱上了这团光明。

我奋不顾身地飞向她的拥抱，瞬间，剧烈的疼痛将我包围，但我并没有畏惧。

我忍住疼痛，努力对她笑，我要让她看到我最美的微笑，要让她永远地记住我。

我笑着说："光明，你是我一生的追求！"

（指导老师：王芬）

墙

沙头角中学高二（7）班　张明慧

墙，它的气息与存在感，在于荒木杂草丛生之中，让人看到了它的肃穆与破败。

在乡下时，我一直对黄土堆砌成的墙充满神秘的想象。下雨时，我常循着围墙行走。远远望去，看这尘埃与雨水交织而成的世界，若隐若现。哪怕是冷清的，淡漠的，我也能隐隐感觉到它寂静的缓缓呼吸的气息。

走近点，会意外地发现墙上的许多印记：简单的加减，歪歪斜斜的数字；斑驳的涂鸦，孩子不谙人事的臆想；恬淡的小诗，少女情窦初开的情怀。顷刻间，一股暖意袭上心头。我似一个爱听故事的童子，感觉它们在向我轻轻诉说着，那声声情思和片片回忆。所谓"知音识曲，善为乐方"，墙成了我们的知己，一个情感的依托，可以交流，可以谈心。

对于墙，我有着一种深深的痴迷与焦虑。我曾在图书馆里翻过大量关于墙的艺术建筑图与文案。当我翻看到了 20 世纪后半叶的德国柏林墙，那些由重大的砖块、硕石和铜筋铸成的墙。我意识到，墙的本质已经模糊了，它竟成为一种阻碍人们交流的工具。工业时代的盛行，令这种墙的建筑方式，很快被复制和定型。涂鸦艺术家也就只能面对这空荡的天空和大地发呆。

墙的一种囚禁的极致功能不仅限于此。又如奥斯维辛营，赭红色的旧砖和电网组成了恐怖阴森的墙。有时我们甚至希望，那些厚重坚实的墙会迸裂，阳光会照耀进去，花草芳香能渗透进去，里面的生命会被拯救。

墙的存在开始让人质疑，它究竟是建筑大师们伟大的艺术创造，还是野蛮的栅栏的进化？

或许墙成了人们心中的隐喻，无须交流。它仅是一个梦魇般的符号，在视觉上任何穿透似的交流都显得无力。它缠绕着铁丝网，碎玻璃，高压电线，暗藏着人们污泥浊水般的警戒心、攻击心，它关于囚禁与人性，关于束缚与自由，它的历史形象以黑白的形式揭露在人们面前，它不发声，只是见证，并且记录伤害，是拒绝诗意与交心的。

墙记载着历史，忘记历史的人，必定会重蹈覆辙。汉代的墙、函谷关石砌成的墙、犹太人的哭墙、长城的城墙等。然而，关于墙的存在与历史，却重陷入迷惘。

那些墙壁在荒野里存在着，静穆，安然，只字未语，但质疑从未停息，《圣经》弥赛亚中提到：我们摸索墙壁，好像瞎子。

我们摸索着，无从交流。

如同无目之人。我们沿着奥斯维辛集中营的那些墙向前走去，会不断听到飞升天堂与救赎之地的灵歌。那些悲伤的古吉普赛人以及犹太人，也许在困顿之中曾经在那些墙上留下祈祷词和悲痛记忆的符号。这些曲子与他们的记忆将恒久隐藏在这座墙中，引领人们去沟通、交流和理解。

或许在奥斯维辛营之后，我们的诗歌只能写在墙上，以这种形式来验证历史和记忆。

是的，与墙交流，在墙上苏醒吧！和我一起，写下你悲伤或喜悦的诗，默念并且祈祷，赞颂这座墙，诅咒并回忆那些铁丝网和历史灰飞烟灭的墙。

（指导老师：宁家瑞）

桃花梦

沙头角中学高一（1）班　赖曼琳

　　三月桃花，淡淡绯红楚楚动人。逡巡在冰雪将融未融的边缘，潜伏了一冬的身体却又困在了半醉半醒的梦里。飘浮着，昼夜缠绵。恍惚间，恰似王摩诘的"绿竹含新粉，红莲落故衣"。幽幽桃花随风，点缀青山绿水，守着袅袅青烟，这一份恬淡潜回我心里来。

　　"墨痕乘醉洒桃花，石上斑纹烂若霞。浪说武陵春色好，不曾来此泛仙槎。"

　　传说，安期生醉酒，遗墨于石，石上即长出桃花朵朵，绚丽而灿烂。石本坚硬，寸草难生，却盛放出绚美花儿，嫣柔如出水芙蓉却又不至于惊世骇俗，点点花苞，却如最美的笑靥撩动旁人。

　　李白的"愿随天子天坛上，闲与仙人扫落花。"因桃花拥簇，纷繁娇媚；因宁静如桃花源，赐予世俗一片释放自由的地方；因桃花与世无争，使致力追名逐利的人淡泊明志；因桃花高杳如圣洁的清泉，还原心灵纯净的圣地。

　　"满树和娇烂漫红，万枝丹彩灼春融。"娇媚如牡丹，又不及牡丹艳俗，桃花自有她的高雅纯洁；"桃花流水窅然去，别有天地非人间"，淡泊如隐逸的菊花，却不如菊花尽显清高本色，桃花自有她的清新明丽；"不愿鞠躬车马前，但愿老死花酒间"，洁净如梅花，又不像梅花游刃冰雪的孤傲，桃花自有傲然于天地的自信。淡淡的暖流，如一杯温水，安抚桃红柳绿的烟消随风。

看取窗前细蕊，那一瓣，又似一痕愁影。寂寞于天地的桃花庵，酿酒为逍遥的"桃花仙""酒醒只在花前坐，酒醉还在花下眠"。半醉半醒，醒来反而是一缕飘魂，还是俗世，依旧人面如旧，还是如履薄冰，依旧功败垂成。花是花，酒是酒，梦是梦。"别人笑我太疯癫，我笑他人看不穿"。心依旧如繁花艳照，身却已如古木不惊。误入藏梦之地，心里凄苦，无人可说。掬一捧清泉，酿桃花为酒，青衫布衣，落地为根，与天地为伴，寂寥相随，清贫渺茫的未来，唯眼前桃花，依旧从容淡定。

桃花浅深处，似匀深浅妆。春风助肠断，吹落白衣裳。

元稹眼中的桃花，是浓妆淡抹总相宜的美人。隔着开满菖蒲花的浅浅溪水，远远的，还有重重的巫山迷雾和人生沧海的浩渺烟波。漫天桃花，清纯如灵动的仙子，翩翩舞姿，又似胭脂泪洒尽天地，淋漓尽致。梦里花开盛宴，丝丝细雨，迷蒙了红粉天堂。

缱绻缠绵。

是花？非花。浅浅桃花潭水，安抚离人的哀思，拂去红尘，桃花依旧笑春风。是酒？非酒。一时纸醉金迷，香醇的酒酿挽回浪子的手，任岁月与污浊的梦一般模糊起来。是梦？非梦。桃花树下，有纷繁细腻的情思，轻轻牵动情人的相思苦愁。

如梦，如梦。

（指导老师：穆琳）

致心中的另一个自己

沙头角中学高一（6）班 宁牧晴

中考那两天，太阳格外刺眼，晒在皮肤上，针扎似的疼。

考完最后一科，周围的人热烈地讨论着要去哪里玩。

你无语，静静地走开，你走到操场上，渐行渐远，淡出同学们的视线。

你想起了过去的很多很多。

你曾经兴奋地说古时烧制青花瓷，需要等待一场不知何时会降临的烟雨。在被雨浸染后，乌云消散，刹那天青。你觉得那很浪漫，青花瓷多像是有着无数愁思在等待远方故人到来的姑娘！

你曾经描绘你梦想中的住处。江南朦胧烟雨中，小桥流水人家，被墨迹细细勾勒。雨滴晕开了天空，薄烟晕开了青柳。水车在吱呀吱呀地转着，唱着古老的歌谣，小木舟在桥边轻轻摆动，撩拨着平静的湖面。

你曾经在晚修时独自一人到天台去，看着一无所有的深渊似的天空，诉说你很茫然，没有走下去的方向。然后你很安静地坐着，眼泪毫无预兆地滴到了自己的手上。

你喜欢用台灯把本来就雪白的墙壁照得惨白，然后把手放在灯前，摆弄出各种姿势，看墙上映出的手的影子。有时是孔雀，有时是山羊，有时是蝴蝶。

你很爱哭，而且不分场合地哭，你很爱吃糖，很爱向周围的人撒娇，你爱穿鲜艳的衣服，爱做白日梦，爱发呆，你说只有发呆的时候才能真切感受到自己个人世界的存在。

我和你，本是同一个个体，但自中考后你慢慢走远，我们曾一起住过的两个人便只剩下我一个，这种变化，一时让我无法适应，不知所措。

我总是比同学冷静，淡定。在其他人面前，我会倔强地不让冲上眼眶的眼泪掉下。我不吃糖，不敢撒娇，不穿鲜艳的衣服，不允许自己发呆，不允许自己做梦。

其实，我才高中而已。真的没有必要这么压抑自己。

其实，我特别羡慕你。你天真烂漫，很受欢迎，而我总是被人说装深沉，世故老成。

其实，我也想如你一般。

可是，如果我一直跟小女孩一样天真烂漫，爱无边无际地幻想，我想我的议论文永远也写不好，政治辩答题永远也做不好，答数学大题的思维永远不够严谨，对待历史事件的态度永远那么孩子气地一边倒。如果有这些永远，我三年后将拿什么高考？

如果人生是一杯温水，那么青春期激素就是泡腾片。泡腾片一遇到水，便立马散开来，化为粉末。那细小的微粒，或白色，或橙色，或绿色，色彩万千。它们带着不安分的因子，在水中上蹿下跳，厮杀得异常热闹，然后产生各种化学反应。

在这些化学反应的作用下，人会变。潜在的孩子气会慢慢褪去，八面玲珑功，利世故会来做任性、单纯、天真、烂漫这个空缺的替补。

你隐去，我登场。在经历这种泡腾片式的化学反应后，都说，这就叫成熟！

而最原本的你，会一直在我的心底。我会时不时地想到你，想到我浪漫而不染杂质的孩提时光。——但是，也只是想一想而已。我还得做现在的我。

（指导教师：胡保卫）

逆风飞翔

田东中学　李宛桐

　　人们在祝愿他人时，常用"一帆风顺"这个成语，期望人生顺着风向，未来一片天高海阔。这样的祝愿固然美好，但真正能够成就一个人的，并非追随时代的风向，而是以一己之力，违逆时代，抗拒着时代风潮；在泱泱洪流中屹立，逆着风飞翔，听从心灵与理想的召唤，唯有如此，才能够练就光芒耀眼的羽翼，扶摇九天之上。

　　中国台湾导演侯孝贤擅用长镜头，他的画面缓慢而宁静，似乎时光定格，旧人旧物恒久长存，然而在习惯了快镜头与蒙太奇的今日，这样的影片显得与时代之风格格不入。侯孝贤说："不少人劝我改一改，我知道大趋势是什么，可是我不愿意。"2015 年，他凭借作品《刺客聂隐娘》斩获台湾金马奖五项大奖和戛纳电影节最佳导演奖，他走的依然是他的风格。

　　时代洪流滚滚而来，可他却仿佛他的长镜头般，定格在了那个他所信奉的美学标准上。他违逆了时代的风向飞翔，输掉的是票房，但就像上映之初遭遇票房滑铁卢的《肖申克的救赎》《刺客聂隐娘》这两部反市场的杰作，也注定会随着时间的流逝，赢得它的艺术和伟大。

　　《明史·奸臣传》中记载，嘉靖年间奸臣严嵩，在初入仕途时，也曾是一位怀有正直品格和治世信念的书生。他因为不满朝廷奸臣当道，曾回家休官三年；也曾直言进谏，却换来廷杖之辱，打入另册，不受重用。经历过这一切，他"痛定思痛"，在他看来，所谓良心，不过是可以抛弃的包袱。于是"洗心革面"，攀上内阁首辅之位，从此顺风顺水，擅专国政二十年之久，最终却落得削去官职，没收家产，无家可归，凄苦而亡的可悲结局。

在人类历史的长河中，从理想主义转为犬儒主义的人大有人在，时代的风磨平了他们的棱角，他们在一次次与现实的对峙中败下阵来。到最后，他们承受不了羽翼被大风一次次刮断又一次次重生的痛苦，选择了顺风飞翔，以避免那将到来的痛苦，但他们的羽翼在失去风的洗礼后，变得脆弱无力，只有借助时代的长风，才得上青云。当这阵风过，他们只能重重坠落，粉身碎骨。

而那些始终未曾掉头的人们，在朔风中顽强突进，逆风飞扬，在风雨中锻造出他们金的羽翼，待到属于他们的风起时，他们必将会翱翔在最高的天际。

（指导教师：姚晓华）

校园的春天

盐田区外国语小学四（2）班　付羽函

"面朝大海，春暖花开"是我最喜欢的诗句，我觉得这就像为我们学校写的诗句。春天的校园万物复苏、春意盎然。校园的春天美不胜收、花团锦簇，然而春意最浓的当属生物园。来吧，跟着春的脚步，踏着春的节拍，走进这春天的生物园吧。

生物园四周围着白色的栏杆，门前有块大石头，上面用醒目的红色字体镌刻着劲道有力的"生物园"三个大字。"一枝独放不是春，百花齐放春满园。"你看，生物园百花绽放，园脚高处一簇簇的杜鹃像燃烧的火焰，点燃绚烂的春天。明媚的春光，和煦的春风，低矮花草像花枝招展的美丽姑娘，走着、笑着。

走进生物园，迎面是棵高大的榕树。榕树的叶子十分茂盛，碧绿碧绿的，一簇堆在另一簇上。虬龙般的枝干，密密的气根多么像饱经风霜的老爷爷，笑眯眯朝我们招手，邀请我们去生物园探秘。鹅卵石铺成的小路上铺满了落叶，跑过去发出扑哧的声音，那就是春的韵律。微风吹拂，树叶们相互挤着、闹着，发出"沙沙沙"的响声，那是春的歌谣。

往里走，生物园里还有杜鹃花，杜鹃花别名映山红，它种类繁多，花色绚丽，红得像火，粉得像霞，像是热情女孩的笑脸。形姿优美的茶花盛开着，像雍容华贵的妇人举手投足展示"大家"的范儿。

我喜欢绚烂的春天，也喜欢华丽的春天。

生物园里的春天是多姿多彩的，但是只要你留意，多姿多彩的春天在校园里随处可见。你听，和着春的节奏的琅琅书声；你看，踏着春的旋律的运动身姿，那是校园最美的春。

（指导老师：石美仪）

爷爷的楠木椅

盐港中学高一（13）班　刘佳敏

　　清晨，一抹阳光洒在院子里那棵年迈的榕树上，透过树叶的缝隙照在被树遮盖着斑斑点点的泥土地上，树叶一半是生机勃勃的绿，一半是摇摇欲坠的黄，空气中飘浮着丝丝腐朽的味道，这是属于秋天的味道，不知道从什么时候开始，这个秋天变得总有些不同。

　　在我的记忆里有一张楠木椅，那是爷爷不知道从哪儿淘回来的。爷爷视它如珍宝，可爷爷总是外出，有时去徒步，有时跟驴友去爬山，总是好几个星期甚至好几个月才回来，所以奶奶总是坐在那张楠木椅上摇啊摇，有时在椅子上呼呼地睡过去，仿佛摇着摇着爷爷就回来了。爸爸妈妈总是不在家，所以大部分时间我都与爷爷奶奶待在一起。小时候，我也经常爬到那张楠木椅上踩啊，跳啊，也学着奶奶坐在上面摇啊摇地呼呼大睡，当然每次醒来我都发现我在沙发上而爷爷坐在椅子上得意地摇啊摇。那时，我常常和爷爷抢椅子坐，我坐上去死死地抱住扶手不放，可我总是被他拎下来，他抢先时我又拉不动他，只能哇哇大哭，这时奶奶就会闻声跑来，把爷爷从椅子上轰下来，然后，则会变成我坐在椅子上得意地笑。

　　长大后，新而亮丽的楠木椅随着岁月的流逝而变得破旧，椅子腿也是断了又补，补了又断，爸爸说给爷爷换个新的，爷爷就是不从，没有人知道为什么。他还是会像往常一样去徒步，回来后坐在木椅上，后来爷爷得了病，天天被奶奶揪着耳朵喊他吃药，他总是像老顽童一样说不吃不吃，甚至有时到了吃药的时间他就连同他的楠木椅一起消失了，气得奶奶又急又恼。

后来，健康的奶奶竟然比爷爷先走了，奶奶走后，爷爷再也没有出过门，天天坐在那破旧的楠木椅上，椅子太旧总是吱吱呀呀地响，爷爷却还是坐在上面摇啊摇，仿佛摇着摇着奶奶就回来了。

这张楠木椅承载着爷爷奶奶的一切，承载着这个家的一切，后来爷爷也跟着奶奶去了，在他的遗嘱上我才知道，那张椅子是爷爷亲手做来送给奶奶的，他以为他会比奶奶先去，希望奶奶在没有他的日子里还有这张椅子陪伴着她。

那张楠木椅承载了爷爷奶奶的一切，也是我儿时的一切，我儿时的世界因它而精彩。

（指导老师：龚小华）

折 腾

盐田区外国语学校初二（7）班 陈昊新

我躺在床上，静静地躺着，脑子一片空白。脑海中浮现出第三届香港国际音乐节决赛时的情境：一架钢琴，一支长笛，一支单簧管，三个孩子，九个评委……

回想起三个月以来的合作，就给我留下了两个字的印象：折腾！

话说当初，是我和小辛以长笛钢琴二重奏顺利通过初赛的，正当我们踌躇满志、不慌不忙地准备决赛时，组委会明确告知如以西乐小组的方式参加比赛，必须有三人以上，换句话说，我们还少一人，是我们弄错了规则，加人容易，但加乐器才难呢！怎么办，初赛都过了，决赛要放弃吗？

于是折腾就开始了。人是有了，同班同学小玉，她用的是小提琴，我们"三剑客"就这样匆匆组合起来了。于是我们在老师的指导下，决定利用暑假初期这点时间先进行初步合作。

但是问题又来了，乐谱怎么办？我们用的是二重奏的谱子，没有小提琴部分的分谱，还得请老师现谱，而且我们发现尽管小玉很努力地练习，却怎么也达不到预期的效果，这时，我们各家预备好的出游计划和学习计划接踵而来，我们三个人不成熟的合作，让我们参加决赛顿时陷入困境，就连小辛也因为时间问题而产生了放弃比赛的想法，于是合作暂被搁置，真是折腾没商量呀。

眼看参加决赛的希望要化为泡影，前功尽弃，多么令人沮丧啊！这时，睿智的妈妈决定让斯斯试试。就这样，斯斯在家长的鼓励下，加入了我们的西乐小组，重新燃起了我们比赛的热情，可是时间是个很大的问题，离决赛只有不到二十天的时间了。关键我们三重奏还不成样子，这样能比赛吗？况且斯斯用的是单簧管，因为进行了一年的牙齿矫正，基本没怎么练习，试想戴着牙套，嘴唇难以闭合，还怎么用力含住管口呢？我心里也挺担心的。

可是，斯斯却以一种坚韧的毅力坚持和我们一起练习，我多次听她对我妈妈说，"放心吧，阿姨，我会加强练习的"。就这样，我们三人的合练变得紧锣密鼓，分秒必争，可斯斯是新加入的，对曲子的把握还有不少问题，可以想象她的压力有多大，得有多折腾。

离比赛还有一周时，老师对我们更是精益求精，连续吹奏两个多小时也不停歇，斯斯的嘴都磨出了泡。在一次练习的间隙，斯斯突然感慨道："其实加入这个小团队，只是想得到锻炼，想参加一下国际比赛，开开眼界，至于得不得奖并不重要。"

我也意识到我们的西乐小组，并非是个人的比赛，不是突出个人表现，而是一个团队，要表现的是一个团队的实力，如果其中一人表现欠佳，就会影响团体成绩，所以说，团体合作比个人要难很多，我们应该享受这个折腾的过程。

如今，比赛已经过去了很长一段时间，可能正是这个折腾的过程，才会使我印象深刻，才会使我心有不甘。这次合作，我们收获的不仅是奖牌和名次，还收获了自信，收获了享受攻克难关的过程。

思绪又飘了回来，脑海里重新变得空白，我感到一种自得快乐，合作虽折腾，但过程很享受。

不需要粉丝，不需要掌声，我折腾，我快乐！

（指导教师：杨大成）

我为"这一步"点赞

盐田区外国语学校初二（7）班　蔡　丁

要学会像蒲公英那样，为自己飞翔一次。

——题记

我是一个很普通的女生，但是迈出了不普通的"一步"。

小学六年，我有五年是在学校合唱团里度过的。那里个个都是少年英才——唱歌好、成绩好，每个人还都会一样乐器……小时候嘛，我只是跟着大家合唱的节奏，在人群中张一张嘴，谁都看不出来我是唱了还是没唱，那样的日子过了好久，甚是轻松。

可是，就在我的一念之间改变了这一切……

看着一届又一届的学长学姐毕业从合唱团离去，我们这些资深的老团员坐不住了，总感觉自己长大了一样。于是，我们几个好朋友围在一起打了一个赌。有人说："看啊，我们合唱团的领唱有好几个都毕业走了，你们谁敢跟老师申请当领唱？"其他几个人都说自己想当领唱，会去向老师申请，我也在心里想："当就当，有什么难的。"于是在第二天遇到合唱团指挥老师，我就向她申请当领唱。

老师笑着说："领唱要迈出第一步哦，你要有准备。"

那时快到"六一"了，按照老规矩，我们合唱团要在"六一"期间为全校师生表演节目，老师又给我们找了一首我们从来没有唱过的作品，而作为领唱颇具挑战性。老师当着合唱团所有成员说："请蔡丁迈出一步，由你领唱。"

我突然觉得肩上的担子好重好重，心里暗暗后悔：当初不应该为了打赌那么倔地去要求领唱，可是转念想想，老师对我这么信任，不能辜负老师。顿时下定决心，一定要迈好这一步，当好领唱。

接下来，每天几个好朋友陪着我，语音、语调、语速、表情、动作……差不多半个月过去了，感觉越来越好，信心越来越足。到了表演的那天，我穿着明艳的表演礼服，在舞台上迈出一步，我知道这是我的舞台。聚光灯照着我的脸，刺得我睁不开眼睛，也看不清台下的观众，我脸上洋溢着微笑，跟着音乐旋律……当最后一个音符唱完时，我望着台下数不清的观众，掌声如雷，不绝于耳……

我笑了，那一次很灿烂。

只有迈出这一步，才可能看到更大的地方、更大的世界，我为我迈出这一步，点赞！

（指导老师：杨大成）

毕　业

盐港中学高一（1）班　陈心如

所有的结局都已注定，
所有的泪水都已启程，
却忽然忘了是怎样的一个开始，
在那个扬着微风的不再回来的夏日。

无论我如何去追索，
幼稚的我们只如云影掠过，
而你的微笑的面容极浅极淡，
逐渐隐没在日落后的群峦。

我好像答应过你，
要和你一起，
走上那条美丽的山路，
那里开满了太阳般灿烂的小黄花。

我好像答应过你，
在一个遥远的夏日的清晨，

一起踏进改写我们命运的地方，
那里写满了我们三年的汗水。

最初的微风依旧飞扬，
最初的我们已经各奔东西，
却忽然发现自己深深铭记着那个夏日，
在不同的地方扬起同样的笑容。

（指导老师：杨金红）

不一样的爸妈

盐田区外国语学校初一（7）班　陈文禾

明月悄悄地升上树梢。此时，农田旁的广场上，早已不是往日的万籁俱寂，而是人山人海，热闹非凡。一个七八岁的男孩正痴迷地盯着电影屏幕。

月光洒进屋子，屋内发出的笑声接连不断。我坐在餐桌前，听爸妈讲过去的故事。

爸爸说，他在农村长大，很少接触高科技。有时候，村里有人办红白喜事，会请人来村里放一场电影。农村的孩子，看一次电影来之不易。每当这时，所有的孩子会早早地搬一条长长的板凳去广场占位。那一次，村子里放大电影，那是爸爸有生以来第一次看电影。为此，他乐得合不拢嘴。下午，爸爸一放学，就迫不及待地搬张板凳去广场占位。因为占了个好位置，奶奶也破例给了爸爸五分钱买瓜子。爸爸十分高兴。盼啊盼，月亮终于升上了天空。广场上坐满了人，电影屏幕终于亮了起来。爸爸与小伙伴边嗑瓜子，边津津有味地盯着电影屏幕，享受着从未有过的乐趣。爸爸不时发出笑声，入了迷。两小时后，电影结束了，众人离去，爸爸却仍留在那儿。爸爸想着：那些演电影的人呢？去哪儿了？不应该是在幕布后面吗？爸爸思索着，走到幕布后面去找演员，可连人影都没看到。他愣是等了半个小时，直到奶奶来找他，他才依依不舍地离去。

知识渊博的爸爸，竟然也有如此无知的时候啊！全家人都忍俊不禁。

正当我和爸爸谈论时，妈妈心里似乎想起了些往事。她兴奋地说道："小时候，我也挺无知的。当时，我邻居家种了一棵无花果树。听说无花果又香又甜，我馋了，口水直往下流。于是我和小伙伴决定去偷无花果，我负责放哨。小伙伴蹑手蹑脚地去邻居院子里偷无花果。我在外面紧张得不行：计划会不会失败呀？一会儿，小伙伴笑着出来了，手中拿了些绿油油、硬邦邦的无花果。计划成功啦！我们迫不及待地开始品尝无花果。无花果没有传说中的又香又甜，反倒是没什么味道。怪了，吃完后，我和小伙伴觉得嘴巴麻麻的。是无花果上面洒了农药吧，我会不会中毒呀？我心里别提有多忐忑不安了，也不敢跟爸妈说。很久后，我才知道，原来我们偷的是没成熟的无花果，因此才会这样。成熟的无花果应该是又黄又软的呢！"

"呵呵，"老妈自己都忍不住笑了。我捧腹大笑，奚落道："老妈，你也有馋嘴的时候啊！下次，你可不准说我馋嘴了。""哎，你老爸我当时还偷过肉吃呢！"爸爸感叹道，"爸妈童年时生活条件可没现在这么好"。

原来十分严肃的爸妈，小时候也是这样的哈！囧事还真不少。那时，他们在生活条件虽不如我现在，可也是苦中作乐，乐在其中。我们也别身在福中不知福啦！

（指导老师：杨大成）

127

常有一种温暖在心头

盐田区外国语学校初二（7）班　晏诗韵

温暖是什么？是冬季里热乎乎的被窝，是沮丧时朋友们安慰的话语，抑或是哭泣时母亲温暖的一个拥抱。其实，温暖无处不在，生活中总有几丝温暖充溢着我的心田，镌刻在我的心中。

这份温暖，我曾在一家熟悉的早餐店里感受过。

那天，上学的路上，我在小区附近的一家早餐店里点了一份皮蛋瘦肉粥和一张葱油饼，享用了一顿美味可口的早餐，可吃完后一摸口袋，空空的，"该死"，早晨换衣服时忘了带钱。我手足无措，尴尬地站在那里，进退两难！老板似乎看出了我的心思，哈哈一笑，继而手一挥说："快去上学吧，钱明天早上再给我吧。"那一刻，我发现老板是那样和气，那样善良，那样让人感到温暖，尤其是那笑脸，在那一刻似乎灿烂得像花儿一样，煞是好看。

这份温暖，我曾在体育课上感受过。

一次上体育课时，我因为没看到脚下的石块，被绊倒而摔伤了膝盖。同学们见状马上将我扶起来。我的膝盖被擦破了一道口子，鲜血直流，火辣辣的有些疼。同学们又细心地将我送到医务室包扎伤口，并纷纷嘱咐我："下次要小心点。"顿时，我感到伤口不那么疼了，因为同学们的行为让我倍感温暖。

这份温暖，我曾在嘈杂的公交车上感受过。

一次，我乘公交车去上课，上车刚找到个位置坐下时，就看见一位抱着婴儿的阿姨走了上来，她怀中的婴儿还在哭闹不休。到底要不要让座呢？我有些犹豫。虽然给有需要的人士让座是种美德，但此刻我也感到很累。最终，我还是站起来给那位阿姨让了座。那位阿姨笑盈盈地对我说："谢谢你啊，你真是个活雷锋！"听了那位阿姨的话，我的心里喜滋滋的，原来，帮助他人也能使自己感到温暖。

朋友，将温暖传递给他人吧，也许你将收获整个春天。

（指导老师：陈筑）

那年，我们是同窗

盐田区外国语学校初二（7）班　蔡佳仪

人这一辈子，会遇到很多人。也许，在不经意间的回眸一刻，看见了你，从此成了朋友；也许，在水深火热的生活中，与你一起面对，从此成了姐妹；也许，在上天的注定下，成了亲人！

一、相识

五年前，若不是分班，我们就不会在同一个班级，也就不会认识对方。还记得开学那天吗？小学四年级，我背着可爱的小书包，聚集在班级的门口，寻找着自己的名字。

"真好，我们又分到了一班。"文在教室里招呼着我进去。

我进去后便坐在了她的旁边。我发现我旁边也坐了个女生，就上前询问："你好，你原先是几班的？"

"我是 2 班的。你就是那个 1 班的班长是吧？"她回答道。

"是的。"我笑道。她向我询问了文的名字，也向我介绍了她自己。因为她姓方，所以我们都喜欢叫她方。我们很快就找到了话题，聊了起来。聊的过程中，又来了一个女生。只见方大声喊道："逸鸣，快来。我们一起坐。"

"你也是 2 班的？"文问道。

"不是，我是 3 班的。但我认识她，我们经常一起回家。"逸鸣解释道。

经方的介绍，我们很快了解了对方，成为了好朋友。

二、一起的岁月

五年的岁月，友谊就像酒一样，时间越长，就越醇香。在这五年里，我们一起玩耍，一起学习，一起努力。球场上，有我们嬉戏的身姿；区图书馆里，有我们穿梭的背影。我们有福共享，有难同当，我们也互相给对方取了一个外号：我就是白菜，文就是三文鱼（蚊子），逸鸣就是玉米，方就是番茄。番茄说，我们都是"食物"，若加在一起，就是一盘大杂烩。

有一次，玉米的数学考砸了。她又惊讶又伤心。番茄为了安抚她，就给她讲了一段笑话。我和三文鱼就在帮她分析原因——原来是计算出了问题。我们分析完后，就教她怎样算得又快又准。她很聪明，一学就会，所以在下一次的数学考试，她就考了九十多分。

我们在一起，互相取长补短，互相学习，互相鼓励。

三、悄悄是离别的笙箫

时间真的过得很快！转眼间，我们要照毕业照了；转眼间，大家的留念册在同学之间互相传写，互留赠言；转眼间，我们面临毕业考试。

离别的日子越来越近，我们又期待又忧伤。毕业考试以后，玉米要回老家读初一了。

离别那天，是在暑假开始的前一天。

那天，我们相约来到海边。海风拂过脸颊，让我们想起了很多往事，可就是谁也不愿意开口。我们在海滨栈道上走了一个又一个来回，直到夕阳西下，我们不得不回家了。

到最后，我们每个人都给了玉米一个拥抱。就这样，简简单单地离别了，没有任何重大的场面。其实，离别是不必多言的。

我们都是失去了才懂得珍惜，离去了才懂得挽留。如今，我们在不同的地方，在不同的学校，很久才能再碰上面，时有想念。

每当我陷入叨念时，妈妈会在耳边絮说："天下没有不散的筵席。""别了老朋友，还有新朋友啊。""如果你们还想在一起，为何不好好努力，等到考大学时，以优异的成绩，考上同一所大学呀！"

窗外，小雨淅淅沥沥，我在回想，那年，我们是同窗。

（指导老师：陈筑）

雪的思绪

——《冬景》读后感

盐田区外国语学校初二（7）班　魏子华

　　提到冬天，人们就自然地将其和萧条冷落、枯木萎草的景色连在一起，似乎冬天是冷酷无情的。然而，冬天是属于沉思而非凋零的季节。冬天的雪，弥天漫地，扑朔迷离。落雪的声音，给圣洁的冬景图配了一曲动人的乐曲，雪儿有声，冬天需要的是一份听雪的心情。

　　雪是这个季节特有的风景。清晨，推开屋门"忽如一夜春风来，千树万树梨花开"，满天瑞雪纷飞，白絮漫舞，似棉花，如鹅毛，追赶着步履匆匆的行人，染白了他们的眉梢，撩拨着他们的脸蛋。雪如寻梦的蝴蝶，翩翩起舞，追寻自己的伴侣。山坡上，白雪枯草相互交融，一道儿白，一道儿暗黄，似披了一件带水纹的花衣。大地上银装素裹，冰清玉洁，冬小麦叫嚷着铺盖它的新棉被。柳枝上挂着一束束洁白纤细的珍珠链，比象牙刻的还要精致，比白玉雕的还要玲珑……万朵香雪深情地拥抱整个世界，处处是童话般的色彩。远山大道上有雪迹，人的胸襟就会扩展；翠柏苍松上有雪迹，人的情思就会延伸。嘘——听，那簌簌的落雪声像轻风飘过竹林，音韵无边，诗意无限。造物主飘落了一场有气质的雪，借以成为我展开新梦的襁褓。雪域晶莹剔透，梅跳跃着，从雪的深处突兀而来，艳得晶莹，美得娇艳。风儿轻轻地吻落它，燃起一团带香味的白色火焰，辨不清飘落的是雪花还是梅花。清静安谧的气氛，不冷不热的温度，一切都是这样的自然，闭上眼睛细细聆听，落雪声似乎是小提琴奏着的名曲，又仿佛是人与自然和谐共处的乐章。

　　晨曦中，伴着落雪，吟诵古诗，雪花飘飘，诗情画意。步履声声，韵律浑朴，深深浅浅的足迹随着脚踏雪地的韵律伸向高山，伸向田野。午后，沏一杯清茶，看绿色的茶叶慢慢舒展，落雪的声音，便随着那一缕茶香沁入心底。漫步雪地，听到的是粉妆玉塑的雪人的亲切问候；漫步雪地，听到的是孩童雪中玩乐的祥和甜美的音韵。不知不觉夜色笼罩了这个童话世界，白雪点缀松树枝梢，雪地反衬浅蓝的月色。漫宇琼瑶，漫天寒凛，寂静的夜使落雪的旋律变得格外动人，在这天籁之音的环绕下，自觉心灵莹洁无垢，思想澄清如洗……

　　"宝剑锋从磨砺出，梅花香自苦寒来"，雪儿也不例外，水经过酷暑的蒸发，严寒的凝结，遭遇无数乌云的磨砺，才凝成如此娇美晶莹的雪花，纷纷扬扬，铺天盖地，创造世界上最伟大的宏观视觉美。当它被风卷起，自空中飘落撞上枯枝，碰到地面，如玉的花瓣折碎，世上哪一种音乐能与之比美呢？雪儿是世上最热情的造物，它的生命短暂而精彩。落雪声美，融雪声更美，翌日，红日来到，温暖的日光照耀着大地，皑皑白雪正在悄悄融化。一粒粒晶莹透亮的珍珠从屋檐滴落，好清脆的"滴答"声！那是"雪精灵"呀！空气中弥漫着淡淡的水汽，隐约还有一丝幽幽的芳香，好像是身边有一些鲜花正在绽放。雪儿将自己的身躯化作精魂，为大自然献上一份厚礼。

　　雪花是最美的花朵，它以细小的花瓣笼罩了整个世界，笼罩了大地上一切旧的格式，笼罩了喧嚣的尘世，笼罩了浮躁的思想与追名逐利的心境。在智者眼中，尘世上哪一种花儿的鲜艳能比得上雪花的晶莹，雪花的纯净？香客顶礼膜拜，祈祷的是来生的幸福；熙熙攘攘的人们，追求的是今生的富足。人生应如雪一样洁白，心灵应如雪一样纯净，可他们都是匆匆过客，走得太快，却忽视了路边的风景；想要的太多，却失落了最珍贵的心情。生活在这个世界，我们被物欲、名利包围着，但是雪洋洋洒洒，无拘无束，是一种意境，更是一种震撼。当我们静下心来想听一听飘落的圣洁语言的时候，才发现被声色迷乱的耳目，被功利遮掩的心灵，早已失去了感受最真挚音乐的能力。一个人要以清醒的心智和从容的步履走过岁月，他的精神中必定不能缺少雪花似的淡泊。雪是这个星球最纯粹的语言，它告诉了你它所有的圣洁。凝视雪地，心渐渐地被轻雾朦胧，身处的尘世逐渐离我远去……

万物静观皆自得，当你静静地倾听天籁时，尘世的浮躁与喧嚣便离你远去，天人合一。于是，天空飘浮的白云让你觉得亲切；冰融玉砌的雪峰让你心灵纯洁。要知道，不加雕饰的心情是最美的风景，雪落雪融的时候，不妨静下心来，什么也不要想，取一卷诗词，品一杯茗茶，用这个季节所有的醇厚来饱满自己一生的守望。

（指导老师：陈筑）

门

盐田区外国语学校初三（1）班　汪　玥

前几年奶奶生病了，一辈子都不愿离开乡下的爷爷"不请自来"，走时，用刻有狮子的铜锁把那咿咿呀呀的木门锁上了，锁住了房里的东西，也锁住了爷爷那颗"乡野心"。

记得爷爷第一天到我家，爸爸说爷爷会在楼下等我，让我带着爷爷去吃饭。只是放学了，我在楼下愣是等了半小时也不见爷爷的身影，我跑上楼猛地发现爷爷站在我家铁门前，像个孩子一般拨弄着门锁，红着脸急促地问："娃啊，这门怎开的？"我顿觉从未像此刻这样心疼过爷爷。来到城里，没了自己锁了几十年的木门，没了那把锁，他竟然这样让人心疼。

我猛地觉得这门隔着代沟，爷爷想追上我的步伐，怕我嫌弃他，顿时心中溢满苦涩，我耐心地教爷爷开了好几次锁，可第二天，爷爷又忘了，爷爷只记得老家那老木门的开法，而且熟悉到了闭着眼睛也能准确打开的地步。爷爷在打开乡野那扇门的时候，心里一定是满满的自信与得意吧。

那天，爷爷终于忍不住小心地问："要不要我换个地儿住？"似乎还带着莫名的歉意，爷爷低着头，微跺着脚。看着爷爷这个样子，我愤恨地瞪了一眼门，"门啊，为何隔离了曾经自信、高大的爷爷呢？"爷爷与门的僵持，让我难过，因为门，爷爷担心被我们嫌弃。这门，隔开了爷爷年轻与年老的岁月，隔开了爷爷待在乡野的那颗快乐的心。

就这样，很长时间以来，门外总是站着懊恼的爷爷，他来到了这个儿女生活的繁华都市，却在进家门这件事上，频频受挫。他被这扇熟悉不足冰冷有余的门频拒在外。

好在，奶奶病好了。爷爷迫不及待地要回老家。

踩着麦场里的夕阳，在电话里我听到爷爷摇着铜锁开门的声音，门开了。

"吱呀""吱呀"……

（指导老师：宋维平）

流淌在年轮里的青团子

盐田区外国语学校初二（7）班　晏诗韵

秋天到了，叶子黄了，风一吹便落了满地。

奶奶又为我寄来了我爱吃的青团子。

对于奶奶印象最深的是她有一头银白的头发，和那双充满慈爱的眼睛。

还记得十岁那年，我和爸爸回老家探望她。抵达时，已经是傍晚了，威风凛凛的太阳落了山，只留下了落日的余晖，洒在大地。当家家户户都亮起来灯时，奶奶回来了。

奶奶背着一个大条篓回来了，那沉重的条篓把奶奶压得喘不过气来。条篓里装的是满满一篓的艾草，奶奶说要为我做好吃的青团子。

天刚蒙蒙亮，奶奶便起来做青团子。先是把艾草切好，然后再拌上我爱吃的芝麻馅……一个上午，奶奶都在不停地忙碌着。直至中午，第一锅青团子终于出炉了，奶奶自己都没来得及尝一口，就急忙把装满了青团子的碗递给了我，顿时艾香扑鼻。再轻轻咬一口，满嘴是香甜的芝麻，让我回味无穷，我便忍不住吃了一个又一个。奶奶看见我吃得香，便会心地笑了，满脸的皱纹像盛开的花。"我孙女要是喜欢吃，奶奶年年都给你做。"奶奶开心地说。我本以为奶奶是跟我开玩笑的，却没想到从此以后奶奶每年都会在叶落之际雷打不动地为我寄来满箱可口的青团子。

　　临走那天，奶奶送出我们很远很远。爸爸一直劝她早些回去："妈，不用送，您腿不好。"奶奶却很固执，边走边念叨："我腿是不好，可走两步还是可以的。咱这儿偏，没车，你小时候不都是我送你的?"我和爸爸对视了一下，便没再多言了。

　　渐行渐远，再回头时，奶奶已变成了一个模糊的黑点，只是那一头花白的银丝依然明显。

　　随着时光的流逝，年轮的转动。奶奶也在一点点变老，脸上的皱纹和头上的白发也越来越多。可奶奶对孙女的爱就如同那香甜的青团子一样，永不变味。

　　奶奶您还好吗? 青团子的味道很香，很甜……

　　　　　　　　　　　　　　　　　　　　　　　（指导老师：陈筑）

含羞草与少年

盐田区外国语学校　朱鹏辉

　　在老家上小学时，我喜欢在院子里的树下看书，而对面便是一个女孩家。女孩很漂亮，她家院子里种了一片含羞草。两家院子相对，抬头便可以看见对方。看书看累时，眼睛会时不时地向她家瞟一眼，而她每天放学后的第一件事便是给她家的含羞草浇水，含羞草一淋到水就会悄然闭上眼睛，像害羞的孩子。我总静静地看着她对含羞草的怜爱，可当她抬头时我的眼神便会立刻移走，假装看书。

　　不知从何时起，她似乎察觉到了我的目光，可也没说什么，依旧像以前那样照料她的含羞草，而我心里不知从什么时候开始有了她的身影与她的含羞草。她成了我的梦想。

　　每天傍晚，我们似乎是说好一样。当我看着她时，她会对我嫣然一笑，然后转身回家，留下我一脸痴迷。有一次她用一种很奇怪的眼神看着我，我在假装看书。过了一会儿，她还在看我，这次是用一种看待外星人般的目光。我急了，什么情况？一看字，呀！书拿反了！我立刻把书摆正，看着她傻笑了几下，尴尬地挠了挠头。她也在笑，笑完后便眨了下眼就回屋了。

　　她和我在同一个学校，但不是同班。听同学们说，她成绩很好，似乎是第一。听到后我的脸唰地拉了下来，她第一我却几乎倒数！不行不

140

行，我怎么也要前五才可以啊！于是我便像坐在电脑前刷小怪升级一样地开始刷作业与练习题。爸妈对我的反常很是惊讶，都以为我是浪子回头，我也不解释些什么。每天站在树底下望着，等待着，见到她的身影便满足地转身回房间"血拼"。

日子久了，成绩也就上去了。我以为时机成熟，用课间的时间做了几页含羞草书签送给她。她接过含羞草书签，却说："礼物我可以收下，但我想我们还是像以前那样吧，挺好的。"

我很不理解，我还差些什么，为什么她不接受我。回到房间里，我一个人独自郁闷着，到底为什么啊？之后，她真的像什么也没发生过一样，依旧对我微笑，只是那微笑里多了一份理解。

后来，她搬家了，只留下那片含羞草与一位少年的等待，他多么想再见到她的身影啊！

她搬走之后，我经常到她家的那片含羞草边上躺一晚上。早起，含羞草的叶子无精打采地闭合着，就像刚刚睡醒，又像是因为思念而憔悴，叶片上的露珠晶莹剔透，玲珑得像我的忧伤。"我们都是天涯同命人啊！"于是，每天傍晚，习惯了拼命刷题的我，也提起了水壶……风中含羞草，渐渐茁壮，碧绿无痕，一如我成绩好起来后的精彩世界，可是我的心里多了心事与牵挂，我知道，含羞草也知道……

后来在梦里又见到了她，女孩与少年。少年站在一棵树下，而女孩身后是一片含羞草花海。少年对她说："知道吗？含羞草开花了，谢谢你！"凝碧的绿叶在风里起舞，护着如朝霞般明艳的花朵，而她只是静静地笑着，静静地笑，仿佛什么都明了……

（指导教师：钟玲莉）

给自己一些阳光

盐田区外国语学校　谢宇弘

　　下午的最后一节课，我静静地趴在桌子上，压根儿听不进老师在讲些什么，眼前尽是一连几天里爸爸妈妈声嘶力竭吵架的样子。我无助地看着窗外惨淡的世界，心里晃悠悠的，如天空中飘掠的那些浮云。

　　"叮铃铃……"

　　下课的铃声终于响了，我一把抓起书包，快步向教室的后门走去。

　　"张晓明，我还没喊下课呢，你怎么就跑了？快回来！"班主任在讲台上大喊。

　　"我有事！"

　　"有事也不能这样不懂规矩啊，快坐回你的位子上去！"

　　"我真有急事！"没等老师回答，我义无反顾地冲出教室。

　　"张晓明怎么会这样啊，太没礼貌了！"

　　"是啊，今天他是中什么邪啦？平常不会这样的。"

　　经过教室的走廊时，我听到几个同学在小声地议论着，我还发现老师的眼光穿过窗户，一直看着我离开，一脸无奈，但若有所思。

　　我没有回家，而是一个人来到学校后面的小山，直到晚自习的铃声响起。我耷拉着脑袋，面无表情地走进教室，为自己下午的无礼，我隐隐感到自己的不对。当我走到座位时，却吃了一惊——我的桌子上多了一个漂亮的彩盒，打开之后，里面竟是我最爱吃的巧克力蛋糕。

"这是谁的蛋糕啊?"我诧异地问。

没有人回答我，整个教室都显得静悄悄。突然，教室里的灯全灭了，黑暗中响起了同学们的歌声。

"祝你生日快乐，祝你生日快乐……"

一束束手电筒的光线朝我照了过来。我听见班长说："学校规定不可以带蜡烛，只能用手电筒代替了。既然没蜡烛可吹，那就请张晓明按灭手电，许一个心愿吧!"

我颤颤巍巍地按下了手电筒。教室的灯亮了，全班同学欢呼起来，我的桌子上也多出了许多礼物。

光亮中，我发现了簇拥在同学们之间的班主任，顿时明白了什么。我控制不住自己的眼泪，哽咽着说："对不起! 老师……谢谢，老师! 谢谢，同学们!"

"没事了，老师理解你。别想太多了，祝你生日快乐!"

"给自己一些阳光，相信你能面对这些困难。"

我的眼睛再一次湿润了。

朦胧中，我发现教室里每一张笑脸就像灿烂的太阳，那么明亮，那么温暖。

（指导老师：许评）

快乐加减法

盐田区外国语学校　张晓婷

我和爸爸是两个时代的人。

然而时代在变迁，快乐的定义也在悄然改变。

爸爸说："那是一个快乐的时代。"

是呀，那是一个存在各种玻璃弹子碰撞的声音，幽静小巷尽头与玩伴跳房子时的嬉笑声，田野里狗尾巴草摇晃的身影，过年时碗里赫然躺着几块红烧肉的时代。

我说："这也是一个快乐的时代。"

的确，这是一个有着霓虹灯闪烁的大街，幢幢高楼拔地而起的喧哗市区，高科技产品横空问世填满人们生活，餐餐都是饕餮大餐的时代。

爸爸笑了，他看着远处平静的海面，思绪仿佛飞了很远很远，他轻轻地说："孩子，你降生在这个年代真的很幸运，一出生你就注定拥有很多爸爸童年没有的玩具以及一切让你让我至今都应接不暇的美好事物。"他望着我，半晌我点点头。

夏天的风暖暖地吹过，穿过我的头发和耳朵。

"可是，我总觉得你们没有我们小时候那么快乐。"爸爸看着我的眼睛，突然又说。我愣住了，一瞬间竟然无从回答。

快乐？快乐！现在的我感觉到的快乐似乎来源于电脑、电视、手机这些产品。在这个发达又匆忙的时代，有谁又有闲情逸致顾及是否真正快乐呢。

而后，不得不承认，爸爸的年代真的好快乐。他们没有方便快捷的网络，却有晚餐时一招呼便坐满了院子的村民；他们没有出行的先进交通工具和郊游的好去处，却有秋收时约上小伙伴一起捉蚂蚱、捕蛐蛐的美好时光；他们没有如雨后春笋般的高楼大厦，却有湛蓝的天空和清澈的溪流。

一念之想，我心中释然了：并非我的时代不快乐，也不是爸爸的年代太快乐，只是得到了什么，必定也将失去些什么。

我走进书房，坐了下来，视线落在了我的数学作业本上。

是呀，就像他们说，快乐就像加减法，得到即是加法，失去即是减法，就在这一加一减，加加减减，减减加加中，快乐悄悄把我抱紧。

（指导老师：许评）

爸爸，你的心事我知道

盐田区外国语学校初二（1）班　潘　越

在几座并不相连，大大小小的坟头点缀其中的黄褐色小山包脚下，散落着星星点点的房屋。

这里是你出生的地方，我的老家。

大大小小的房屋联结成了一个村庄，牵线的是我们的姓氏和血缘。每每回家，我都要面对一群不知道是叫姑姑还是大姨的被常年劳动摧残了容貌的大人，攀亲认故，然后僵硬地收下里面只装着十块二十的红包。

对于我来说，这是个噩梦般的地方。

你却不然。

你会带着熟络的微笑跟他们寒暄，然后在鞭炮轰鸣的除夕跟大伯大叔们热情高涨地打牌赌博，在输的时候慷慨地掏出钱包。你会在大年初一的一大清早就将封有一百两百的红包揣进怀里，然后挨家挨户地去歇脚喝茶。

你甚至有一个在我看来疯狂的计划。那就是买下那个岸边早已长满青苔的滑腻腻的池塘，在里面撒上鱼苗，种上荷花，让劳动了一天的村里人能够来这里钓鱼玩耍。你兴冲冲地去打听那池塘归谁家管理，却丝毫不考虑已从鼓鼓囊囊变得干瘪下去的钱包。

我对于你的执着感到不解。

那天晚上，你突然接到了一个电话。我从开头的四位数读出了它来自老家，里面断断续续地传来了一个疲惫苍老又带着些熟悉感的声音。你听着，不停地点头，右手夹着的香烟，燃烧过的灰烬簌簌往下掉也没有注意。你严肃地放下了电话，皱在一起的眉头隆成了家乡的小山丘。你进了里屋跟妈妈说了些什么，然后就打开门拿起车钥匙脚步生风地走了。

我也是在你回来后才从妈妈的口中得知，打电话来的是那个住在村头的大伯母，说大伯的精神突然失常了，而他们的女儿儿子都远在北京，留在村里的年轻人也没剩几个，于是她就想到了你。你二话不说，半夜开车四百公里车从深圳回到了老家，将大伯半扭半送进了医院。

"你爸是有劲没处使呢。"末了，妈妈嘟囔了一句。

这个社会上有太多的类似"扶摔倒的老太太"一样做个好人却没得到个好结果的事例，就连作为学生的我们都深明其理，没想到你比我们还晚"开窍"。我看着你风尘仆仆归来的脸。汗水顺着有些谢顶的头滑下，滴在了衣服上。你无所谓地擦了擦，倒头便睡。

窗外已是正午，阳光毫不留情地透过了薄薄的窗帘，照在了你带着一线疲惫和沧桑的脸上。

我再次随着你回了老家。

那片池塘你终是没有买下来，但池塘的主人却允许了你的"改造计划"——毕竟谁也不会想做这种吃力又不讨好还捞不到便宜的活儿。你撒下了鱼苗，然后满意地绕着池塘走了一圈，拍了拍手。于是晚饭后，便有了一项美其名曰散步，实则是你去欣赏自己的劳动成果的活动。

久已无人问津的池塘不知何时来了一批小小的"游客"。几个还没到上小学年纪的男孩子高高地卷起了裤脚，正兴奋地在池边的小浅滩上蹚水捉鱼。鱼儿绕着他们慌不择路地逃开，男孩子们开心地咯咯笑着。

　　你带着我和妹妹来到这片小池塘时，这一幕刚好撞进了我的眼里。

　　我不愿转眼，却忽然用眼角的余光看见你笑了，眼睛眯缝了起来，带着欣喜、快乐和一点点小小的得意。

　　我愣了愣，也跟着咧开了嘴。

　　你又怎么会在意结果呢？

（指导教师：江甦）

不能触碰的柔软的心

盐田区外国语学校初二（2）班　毛小龙

夜深，人静。我独自一人走在过道上，头顶的马缨丹花映入眼帘，一团浓郁的绿波中点缀着一点淡雅的紫色。折下一段，却发现干枯的细根只有孤零零的几片向内弯曲的绿叶和一朵快要凋谢的花。我伏在栏杆上眺望。远处，一堆堆深灰色的迷云低低地压着大地。已经是深秋了，校园里的林还是深绿。我看着入神，倏忽，感觉气氛如此的悲凉肃穆。那边的世界火一般熙攘，这边的世界却死一般寂静。

思绪如潮水般掀起万丈骇浪，心情久久无法平静。我想到了一个人，一个女人，一个在我的生命之中闪耀着光芒的女人。风起了，带着我的思绪飘向了远方。

两年前，我的父亲与我继母（以下称"母亲"）结婚了。母亲知识渊博，喜欢讲道理给我听，我许多做人的道理就是那时学来的。她总能及时地纠正我的错误，不像父亲一样溺爱我。

母亲的存在，让我想到一条平静的小河，蜿蜒流过绿茸茸的牧场，与郁郁的树荫交相掩映，一切是如此的美好，可小河最终汇入烟波浩瀚的大海中，大海却还是那么平静，总是沉默无言，不动声色。母亲的严肃与一丝不苟，让我肃然起敬。

我们一家三口相处十分融洽，互相打趣，一起批评进步，一起享受那美好的下午茶，悠闲自在，怡然自得，让我陶醉其中，流连忘返。

可是一场突如其来的"战争"打破了散布在家里每一个角落的幸福感。父亲与母亲吵架了。我蹑手蹑脚地来到主卧室门前，猫下腰，屏住呼吸，把耳朵紧紧地贴在门上，偷听着。

"小龙不是我的亲生儿子，可是我就把他当作我亲生的一样，你呢？你有把我看作是你的妻子吗？"母亲哽咽着说道，隐隐约约地听到哭声，虽不清晰，却撼动了我的心。我感到头皮发麻，心跳动得愈发剧烈，这是我和母亲之间唯一的沟壑。

父亲不说话。"你花钱大手大脚，也不为家里的经济着想，以后还得供小龙读书呢！我平时一下班就回来督促小龙学习，你也不管他……"母亲继续说道。

"爸，妈！"我握住门柄，推门走了进去。"你们别吵架了好吗？我求求你们了。我以后一定好好读书，不让你们操心……"话还没有说完，我已经潸然泪下。我低着头，不敢看他们的脸。心如被连珠箭射穿一样，隐隐作痛。

"小龙，你先回房间，这事我们大人会解决的。没什么事，你先回去吧。"母亲轻轻地说。

"呜呜呜……可是……"我在门外酝酿已久的话在此刻却卡在喉咙说不出来。我低声抽泣着，用衣角抹去眼角的泪水。我轻轻地带上房门，凝重地瞥了父母亲一眼。我失望了，眼泪又泛滥了，轻轻地划过脸颊。

我彷徨地回到书房，全身瘫倒在床上。远处的霓灯变成一朵圆花。我蜷缩在阴冷冰凉的角落，低声地哭泣着，眼睛和鼻子红肿了，被纸巾擦去了一层皮，我仰望苍穹，黑夜茫茫，仿佛一摊深泥，我深陷其中，身体被死死地攥着，仿佛连骨头都要散架，逃不出，连呼吸也是那么急促，凝重。

第二天下午，父亲与母亲离婚了。我没有哭，因为我知道，即使哭得再多，也无济于事。我看着不远处的榕树入神，母亲就仿佛在我面前。

直至昨天，三姑跟我说，她逛街的时候遇见了我母亲。母亲向她问道小龙还好吗？听到此处，我的心猛地颤了一下。想不到两年过去了，她还没有忘记我。

时光荏苒如白驹过隙，红颜白发叹似水流年。不管时光如何变迁，她一直都是存在我脑海里的我最爱的母亲。

窗外，细雨蒙蒙，微风夹杂着细雨扑窗而来，拂过我的脸上。那是怎样一种享受，怎样一种惬意，坚硬之中透着一丝温柔，微痛之间夹杂丝丝舒坦。

你还好吗？我最挚爱的亲人？你若安好，便是晴天。

其实在我浮夸爱笑的表面下，有一颗不能触碰的柔软的心。

（指导老师：许评）

家乡的除夕

盐田区外国语学校初二（1）班　杨　楠

我的家乡——安徽皖南山区，它像母亲的手，对我来说既熟悉又感很温暖，留给我许多缠绵的回忆：那直插云霄的黄山，那独具特色的皖南民居，那脍炙人口的黄梅戏，以及年味儿十足的除夕。

除夕那天，早早起来穿上新衣，就瞧见奶奶佝偻着身子紧张而麻利地准备年菜。厨房里充满了酒肉的香味。我不由地张大了嘴巴，小小的脑袋慢慢仰起，努力把所有的香味都吸进鼻孔。哇，有炸麻花、炸年糕、炸红薯片……这些金灿灿、香喷喷的油炸食品让我垂涎三尺。奶奶那布满老茧的手疼爱地捏了一下我的脸蛋，乐呵呵地说："现在日子好咯。哪像以前，要挑着豆子走几里山路到别处去做豆腐。有时人多还要排队到三更半夜呢！"

午饭过后，奶奶准备好鸡鱼肉酒茶，挑着担子去祭祖了。望着那个挑着装满祭品担子的花甲老人歪歪斜斜地向山上走去，我的心不禁一酸。

山脚下渐渐沸腾了，"千门万户曈曈日，总把新桃换旧符"也让村子披上了红色的新衣，在阳光的渲染下，那件新衣仿佛镀上了柔和的金色。村子里的车来往得更频繁了，那些是忙着和家人团聚的年轻人。太阳还没落山，村中已炊烟袅袅，响起了锅碗瓢盆的敲打声与煎鱼吱吱的声响。

　　夜幕降临时，大家伙团团围坐在桌子前。"腌鲜鳜鱼""双脆锅巴"等各式徽菜，让我眼花缭乱。大人们纷纷祝酒，小孩子们一边收红包一边往嘴里塞年糕，两个腮帮子鼓鼓的。

　　由于老家要守岁，因此晚上的节目更是丰富多彩。小孩子们提着灯笼，排成几队在村子里玩耍放鞭炮，鞭炮噼里啪啦地在地上炸开了花，整个村子都回荡着鞭炮声和淡淡的硝烟味。到了十二点，好戏上场了！全村人关上大门，在院子里点燃长达几米的炮仗——"开门鞭"。一边点燃一边把门打开。爆竹声震耳欲聋，地动山摇。寒风虽然凛冽，吹得小脸儿通红，但一点也没影响我的心情。一会儿高兴地直拍手，一会儿捂着耳朵跑来跑去。随后，鞭炮声渐渐变弱了，村子也渐渐宁静下来，而挥之不散的是新年的喜悦与家乡质朴的风俗民情。

　　除夕就在这欢声笑语中离去，留给我一片美好的回忆。

（指导教师：江甦）

感谢你，我的弟弟

盐田区外国语学校　吴依柔

瞧，平平的锅盖头，大大的眼睛，扁扁的鼻子，瘦瘦的身材加上那一抹阳光灿烂的笑容构成了一个顽皮可爱、无恶不作的小男孩。他，就是我的弟弟，一个常让我头疼不已、又爱又恨的小家伙。

我和弟弟似乎是天生的冤家，见面就吵，翻脸就打。听听，我们俩又在吵架了。

"我要看五阿哥！"

"我才不要，你看这个电视剧看了几遍啦？好念旧哦！我要看《快乐大本营》！"

"凭什么听你的？"弟弟不服气道。

"就凭我是姐姐，怎么样？"

"姐姐了不起啊，妈妈说大要让小。我比你小！"

"是吗？那妈妈还说过你今天要做完作业呢！我现在监督你，去做作业！"我拿出了撒手锏……

只要妈妈不回来，我们就绝对能吵到天亮，甚至中途打起来。即使我们是这样的不和谐，但当看到他被人欺负后仍会愤愤不平地去帮他"讨回公道"，这也许就是我们之间说不清也道不尽的姐弟情吧！

还记得有一次，我跟他赛跑，中途扭了脚还擦伤了皮。当时小小的

154

他看到我这样，不禁慌了神，哇哇大哭起来。最后，我只能一瘸一拐地走回家。虽然他什么忙也没有帮上，但我依然感动不已，毕竟，那眼泪是为我而流的啊。

常听妈妈说，我现在不太挑食都是因为弟弟。她说我小时候什么也不吃，这也不吃那也不要，活脱脱一堆骨头。直到弟弟从乡下来到深圳，弟弟什么都吃，让我看着特别不爽。于是，便开始跟他抢吃的。要不然，我想我现在一定也还是跟竹竿一样呢！在这一点上毋庸置疑，我是要感谢他的。

弟弟，你还记得吗？有一段时间我特别讨厌你，因为你老是来烦我，惹我生气。于是，我总是打你，但你从未因此而讨厌我。直到今天，我才渐渐懂得，你烦我，惹我只是想来跟我玩，逗我开心，为什么我当时就不能理解呢？真是对不起啊。有时，我不得不承认我真是没有尽到一个姐姐的责任，不管什么都要跟你争，有时候想"以大让小，以大帮小"，带你玩，教你读书写字等，但常常又没有耐心……今后，我一定会做好的。

最后，想真挚地对你说："感谢你，我的弟弟。因为有你，我的生活更加绚丽多彩；因为有你，我的坏习惯改掉了不少……与你一起下象棋，连斗嘴的日子我永远也不愿忘，我又爱又恨的弟弟啊……"

（指导教师：许评）

我最"喜欢"的一个词——光阴

盐田区外国语学校初二（6）班　李　航

流水它带走光阴的故事，改变了我们。

——题记

我坐着电梯，准备去看壹海城，那里就在我家旁边，将来会有个购物广场，旁边还建着海景房，那里真的很大，很宽，很美，别人是这么说的，我却对这个地方印象不深，我只记得那里曾经是明斯克航母广场。

沿着海滨栈道走去，有一个面生但亲切的大妈朝我说道："哎哎，你是不是XX吗？"脸上满是笑容，招手让我过去，我毫无敌意地朝她过去了，"嗯，阿姨怎么了？"我微笑地答道，仿佛我们之间熟识已久。沙头角人从来都不用担心陌不陌生的问题，街道不多，人也不多，所以每天走过去，看上去都很面熟，整个世界都是那么小，走在街上的永远都是那么几个，久而久之也就熟了，便会发现整个沙头角到处都是熟人，所有的一切都那么亲切熟悉。

"哎，我是XXX他姨啊，他说他出国去了，想让我跟你打声招呼，毕竟小时候那么要好，都有感情了，可是现在一看，人长大了，这里也变化那么大，跟市里差不多了，唉！"阿姨深深地叹了口气，"本来以前在这里散步还挺舒服的，现在把树给砍了，市里来了很多人买房，搞得现在走在街上都没几个认识的人了……"

"……没事阿姨，谢谢你，他还记得我就好了。"我愣了一下，不知不觉又想起了以前的那段时光。

碧蓝的天空下，有几个孩子，骑着单车，旁边放着书包，在海滨栈道飞驰，习习海风从孩子们的脸庞拂过。累了，一路都是大树，路的尽头就有一个报刊亭，旁边就是广场，报刊亭里面卖着5毛一个的绿豆冰棍，孩子们买根冰棍，躺在草地上，在绿荫下乘凉，看着成群的白鸽从航母世界的那块牌子上飞下来，静静地看海。那时候，我们都觉得这就是最幸福的生活……

思绪重新回到了现在，我笑着跟阿姨道别，朝着壹海城走去。一路上，虽然海风在吹，但是觉得没有那么凉了，以前遮天蔽日，清清凉凉的绿荫，好像被人剪了一样，到处都是洞，绿荫已经零零星星，所以才会觉得热啊。向路边远眺，曾经像年轻人的头发一样，茂盛的小草，也像迈入暮年似的，变得稀稀拉拉。

突然想像以前一样，躺在大树下，买根绿豆冰棍吃。我便借了辆公共自行车，骑过去。到那了老板娘说5毛钱是以前的价了，现在壹海城建起来什么价都提了，而且这是新版，更甜，一根2块。以前的草地也已变成了售楼中心。光阴就是这样，无声无息地改变了以前的生活，当我想回味时，才发现这已经遥不可及……

无奈，我便在售楼中心旁的长椅上坐着，门外吹来的冷气让我不时打着喷嚏，而绿豆冰棍也味如嚼蜡，根本没有以前温暖甜蜜的味道了，只是觉得想吐，现在的我只是更怀念以前那5毛一个的绿豆冰棍。现在我只能在炽热的太阳下，呆呆地晒着日光浴，看着光阴流逝……

光阴它带走了很多东西，就像我同学说的："以前我们在那里可以吹风散步听音乐，很多年以后发现没了，现在沙头角多了好多高楼大厦，以前的草坪换成了壹海城，也许这里以后会有各式各样的店铺，却没有以前那个我们的沙头角了……"

流水它带走光阴的故事，改变了我们和沙头角……

（指导教师：许评）

门

盐田区外国语学校　方　津

肆虐的风猛烈地敲打着那扇冰冷的门，尽管如此，门里面那些毫不相关而又冷漠无情的人依旧无动于衷。我想，在这个世界上，乐于助人的人应该越来越少了吧？要不然，我怎么会如此狼狈地站在门外任凭风的吹打，渴望有人笑着帮我打开那扇门呢？

抱着大包小包的我刚从商场走出来，狠心的妈妈将家庭主妇应做的事全都交托给我，害我此时吃力地抱着大堆东西，豆大的汗珠毫不留情地从我额头不断地渗出，嘲笑我的力小，我只好抬起头，咬紧牙，吃力地前行，望着天空朵朵白云轻轻地移动交替，心里暗暗叫苦。

好在商场离我家小区很近，从商场门口穿过花园就可到达我家的楼下了。当我到达电梯门外，心里别提有多高兴，便哼着小调将物品放下，开始寻找门禁卡。可我这粗心大意、丢三落四的毛病丝毫没有改掉，这不，门卡没带，家里又没人，我只好眼巴巴地望着门里面等待电梯的人们，希望他们能帮我开开门。可是，门里面的人却无动于衷，就连看着我的一位阿姨也只是匆匆地瞥我一眼，神色慌张地转移了视线，正巧电梯来了，里面的人全部涌入了电梯，生怕赶不上电梯似的不敢浪费一秒钟，只留下孤独的我仍站在门外，失望至极。

我郁闷地望着花园里的花，娇艳的大花挡住了更需要阳光而又不起眼的小花朵，自私自利，就像那群人，让我感觉可悲又伤心。正当愤愤不平时，"嘀"一声，门开了，一位三十多岁的叔叔笑着看着我，拿着他的卡把门打开了，我回了他一个笑容，便匆匆地推门而入，总算松了口气，可我一回头却没见他进来，而是消失在门外了，我顿时明白了，原来他是特意为我开门的，而我却一句谢谢都没来得及说，当我想追出去时他却不见踪影了，那扇门又沉沉地关上了……

"谢谢！"从那以后，我每次碰到没带卡的人，都会主动去帮他们打开那扇门，因为总想起那次的我，以及那声还没有来得及说的"谢谢！"

风轻轻地奔跑着，叩击着那扇坚硬的大门，我缓缓地打开那扇门，笑对迎面走来的人们，望着天空，倍感舒爽，它笑着跟我说："谢谢。"

（指导老师：肖晨）

给自己一些境界

盐田区外国语学校初三（3）班　邓昊臻

　　跑步着前进，跑过风雨，跑过命运，跑过人生——这是一种精神，更是一种境界。

——题记

　　人生是一场长跑。

　　形形色色的人，各自在自己的赛道上奔跑。有人跑跑停停，疲惫不堪；有人步伐不紧不慢，却始终匀速。

　　我一直在问自己，要以怎样的姿态去跑步——是半途而废，还是平淡见真？

　　"跑，福雷斯特·甘，跑！"珍妮所呼唤的"跑"，贯穿阿甘人生的始终。阿甘确实在不停地跑，跑过孩子的追赶，跑过橄榄球，跑过死亡，跑过全美国。上帝给了一个孩子 75 的智商，同时也赠予他一双好腿。这双好腿给他带来巨大的荣誉，他是战争英雄，明星球员。

　　阿甘从没担心过自己智商低下，也未曾思考为什么要跑。他的一生只是关注能做的事情，并把能做的事情做到最好。

　　终于，阿甘跑完了，也跑累了。他坐在公共汽车站的长椅上，头顶是湛蓝的天空，洁白的羽毛在他眼前飘扬。

　　永不放弃，只管向前，《阿甘正传》给我上了人生重要的一课——脚踏实地地往前跑，才能诠释自身生命的价值。

　　与阿甘相比，我怎么能不陷入深深的自责中呢？我总是知难而退，常常半途而废。在田径场上跑步，我会因为累而半途而废；在生活中，我无法从容接受世界给予我的挑战。小学六年级的时候，我还因为觉得自己能力不足，不敢去参加数学竞赛；而如今的我，仍然能够体会到当时自己的懦弱……

　　谁说大智若愚不是一种境界呢？傻人有傻福，这是简简单单、平平淡淡、一步一个脚印的境界。

　　爱默生说过："不要看你还要走的台阶，只关注你眼下要踩的那一级。"有时候我们的眼光也许不必看得太远，因为看得太远就可能因为畏惧而退缩。应该时刻警醒自己保持一种阿甘精神——始终朝着正确的方向，大步前进，而不去计较跑步的名次。

　　从这一刻开始，我决心要给自己一些阿甘精神，给自己一些境界——那平凡却执着、永不放弃的境界。

（指导老师：许评）

寻找生命的内核

盐田区外国语学校　李　萌

如果有一天我们湮没在人潮中，庸碌一生，那是因为我们没有努力获得丰盛。

——题记

"兵荒马乱"的教室里，在忽明忽暗的光线下，令人头疼的试卷常常困扰着我们，在日复一日沉重的呻吟中，我们艰难地在夹缝中求生。

星期三。

下午。

5：30。

闷热的教室里众生百态。

Kevin（凯文）和天亮激烈的"枪战"显然犯了众怒，在阴郁复杂的目光中，他还是妥协了，做了个鬼脸，转过身去做题了。

"歌王"一脸明媚地哼着歌，爱美的女生也美滋滋地提着镜子，左照右照。

霖划了根火柴。

微弱的橙红色火苗"咝"地被风吹灭了，一缕纤长的轻烟，荡漾在腐朽的春日里。

心，在发着腥臭的题海里慢慢腐烂，时间是一个巨大的黑洞，以光年的速度，吞噬。发出硫黄的黏液，腐蚀了，我们一代最美的年华。

身边的人，一个接着一个，被这个滚动着寒冷和寂寥的黑色旋涡卷进闷热的黑暗中……

深深地吸了口气，笔从指间滑落的一刻，决定——"薰，我们出去走走吧。"

落日的余晖寂寞地躺在操场上，翻过身，留下一树阴影，春光里的小树，自然地舒展着。

我们谈家里凶神恶煞的老妈，破了的水晶球，烦人的 Kevin。

唯一没有说的，连想也不敢想的，是我们的梦想。

伍尔夫说：生命的内核里一片空荡荡的，就像一间阁楼上的屋子。

从来没有想过生命存在内核的我，惶急地摊开课本，从镜片中窥探密密麻麻的笔记，笔记本被打湿了，心也随即被人用力地捏皱了。

期中考试以不紧不慢的速度压迫过来，谁都明白它的意义，可是期中考试结束，我的人生，就泯灭在最后一张试卷里了吗？

今日的付出，在明天得到回报后，就有资本让我自信地审视生命吗？

天空打过来的白寥寥的光，在飘浮的灰尘里，寂寂地哼着歌。

凌乱的树枝，格外凄凉地分割着不明不暗的天空，云彩被戳破了，化成风，大笑着呼啸而过。

梦想，是我们的奢侈品。

以前总会不由自主地悲伤，生命在时间的河流里潺潺地淌着，在不知所措的失望里，迷路了，在干涸的河床里，卧着，最喜欢海子的一句话——要有最朴素的生活，最遥远的梦想，即使明日天寒地冻，路远马亡。

似乎是这样。

似乎又不是这样。

不过至少我可以肯定，生命的内核，永远都会干净地等我们来填充。活着的价值，在于有一个饱满的人生。隐忍平凡的外表下，要有像果汁一样甜美柔软的果肉，蕴藏着的，是要有能让人铭记一生的寂寞美感。

因此，在当下，一定要努力活得丰盛！

（指导老师：廖嫦娥）

留下的村庄

盐田区外国语学校　辛　洁

几年前，外公居住的村庄要开发。他们要把泥地铺成平坦的水泥地；要把宽广的草地建成小学；要砍了森林建高楼……不知是谁说了句：留下吧，暂时把这个村庄留下吧……

于是现在那村里的路还是凹凸不平的，乘车回家时，一地乱石硌得车子左右摇晃。偶有小孩拍手笑：摇啊摇，摇到外婆桥……

每年暑假我都会留在村子里，在蝉鸣和鸟叫声中度过整个夏天。

邻家姐姐，大我两岁，却早已混熟，我跟着她漫山遍野地疯跑。

她领我到土坡上，用长竹竿打那浑圆的柚子。我乱捅一气，反复躲闪，生怕砸伤我的脑袋。她见状却笑开了声，拍着那柚树的枝干，说："好家伙，多亏当时留下了它，现在，结的果子可多了！"我也跟着笑。

吃饱喝足，身上又有了力气。太阳火辣辣的，却挫不了我们一点玩性。我们赤着脚，提着裙摆，尖叫着在田埂上奔跑着，去钩那开得正艳的荷花，用石头击打平静的湖面，溅起一串水花，荡开一层涟漪。笑声融在风里，飘得很远……

累了，在田里吹风休息，向往着这片令人眷恋的景色，我暗暗感叹大自然的慷慨：它给我们留下了如此美丽的景致，却不求回报；我也庆幸，当初留下了这树，这湖，这村庄，这一片宁静的精神家园……

一阵风吹来，我和姐姐都笑了。

后来，外公搬到了城里的小姨家，小姨便提议卖掉村里的那个房子，妈妈却说："留下吧，把那个家留下吧。那是我们留下的一条根、一片记忆啊……"

（指导教师：许评）

那是开在心里的花

盐田区外国语学校　张　婷

> 我的心中载满了盛开的花儿，在每一个不经意的瞬间，行人将它悄然种下。我愿将花儿折下，教它芬芳每个人的心田。
>
> ——题记

仲夏未至，却也常有暴雨突至。铅灰色的乌云翻涌着，大雨便如玉珠般地飞溅于大地。一会儿，又只剩得雨珠顺着绿叶滑落的清脆声响。

空气里氤氲着湿气，挥着汗水的头发黏糊糊地紧贴我的脸颊。我收起伞挤进一班公车。

假期外出的人还真不少，车上满是吵吵嚷嚷的喧闹声。我极不容易地从人群中突围出来，找到了容身之处，一手扶着椅背，一边望向车外。

不知在哪个站台，一对老夫妇互相搀扶着迈上车来。乍眼望去，他们是六七十岁的样子，可他们满脸的粲然笑意，足以让银白的两鬓黯然失色。一身唐装上身，愈发显得精神矍铄，老妇人背上的草帽儿更是趣味横生，野花在上头欢快地簇成一团！

年轻人纷纷让座，夫妇俩拣了个靠门的位置坐了下来。待其坐稳，公车启动。

　　我在后面饶有兴趣地看着老爷爷和老奶奶。他们时而四目相对，时而望向窗外，一会儿指着东，一会儿说着西，仿佛全世界都是新奇的玩意儿，让他们谈论。看着他们手指车站海报，推着老花镜，振振有词地念着上头的一行小字，我不禁跟着笑了。

　　不知行了多久，只见老先生咂吧两下嘴巴，老妇人便翻找着递来了一瓶水。两人相视而笑，周围的乘客也跟着乐。瓶里的枸杞在老爷爷的振荡下，欢快地转起圈儿，美滋滋地滑进了喉咙。枸杞仿佛绽出了花儿，让老爷爷也禁不住笑容满面。

　　他晃了晃手中的水瓶，在老妇人旁耳语一阵，只见老妇人向不远处的售票员招了招手。售票员赶忙迎了上来，老先生晃了晃手里的水瓶，缓缓开口道："姑娘也喝口水歇歇吧！"

　　瓶里的柠檬片儿、枸杞粒儿在此刻跳得更欢了，像极了春天里绽放的花儿。

　　"不了不了，您老慢用，我也有呢。"售票的姐姐满怀欣喜地拒绝了。站在一旁的乘客，脸上始终荡漾着笑容，扬起的嘴角不曾落下，满车的笑靥如花……

　　下了车。我走在微湿的路上，眼前满是那对老夫妻盈盈的笑脸，那是开在心里的花儿，无论走到哪里，都会留下一路芬芳！

（指导教师：许评）